세상S 현대 판타지 장편소설
WISHBOOKS MODERN FANTASY STORY

네 멋대로
던져라

 1

세상S 현대 판타지 장편소설

초판 1쇄 찍은 날 | 2018년 8월 6일
초판 1쇄 펴낸 날 | 2018년 8월 13일

지은이 | 세상S
펴낸이 | 예경원

기획 | 위시북스
편집책임 | 이규재
편집 | 위시북스

펴낸곳 | 예원북스
등록번호 | 제396-2012-000132호
등록일자 | 2012. 7. 25
KFN | 제1-292호

주소 | 경기도 고양시 일산동구 호수로 646-24 위너스21II빌딩 206A호 (우)10401
전화 | 031-819-9431 팩스 | 031-817-9432
E-mail | yewonbooks@naver.com

ⓒ세상S, 2018

ISBN 979-11-89348-97-7 04810
        979-11-89348-96-0 (set)

1

내 이름은 구현진

세상S 현대 판타지 장편소설
WISHBOOKS MODERN FANTASY STORY

네 멋대로 던져라

Wish Books

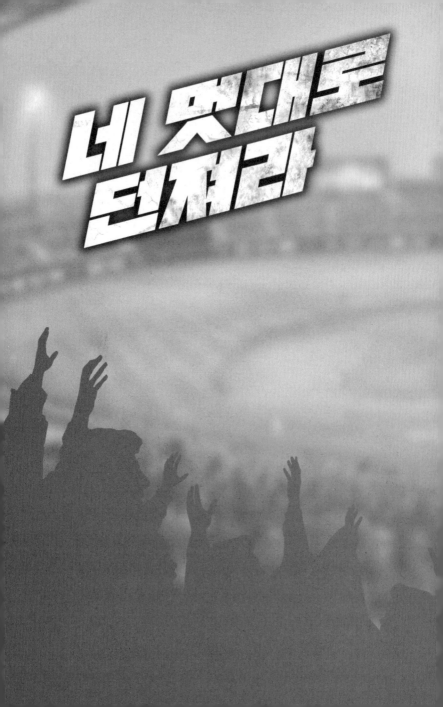

CONTENTS

· 0장 ·
전환점

I.

"아, 겁나 덥네!"

구현진은 흐르는 땀을 훔치며 아파트 단지로 들어갔다. 그의 손에는 중국집의 상징인 철가방이 들려 있었다.

"106동이라고 했지?"

구현진은 높이 치솟은 아파트를 올려다보며 동수를 확인했다.

"거참, 높기도 하다."

구현진은 짧은 계단을 올라가 현관 앞에 섰다. 아파트 내부로 들어가기 위해서는 현관 비밀번호를 눌러야 했다.

"가만 보자, 챙겼을 텐데……."

구현진이 현관 비밀번호가 적힌 종이쪽지를 찾기 위해 주머니를 뒤졌다. 그런데 아무리 뒤져도 보이지 않았다.

"젠장, 두고 왔나 보네."

구현진이 머리를 긁적였다.

"에이 씨! 그게 오토바이 수리 좀 빨리 하자니까. 하여간 좀생이라니까."

구현진이 투덜거리며 호수 번호를 누른 후 호출 버튼을 눌렀다.

딩동! 딩동!

잠시 후 여자 목소리가 들려왔다.

-네, 누구세요?

"배달 왔는데요."

-공용 비밀번호 알려 드렸는데…….

"죄송합니다. 제가 잊어버려서요."

-네, 알았어요.

수화기 너머 들려온 여자 목소리가 왠지 퉁명스럽게 들렸다. 그렇다고 왜 그런 식으로 말을 하냐며 따질 수도 없었다.

현관문이 지잉 하며 열렸다. 구현진이 안으로 들어갔다. 다행히 엘리베이터가 1층에 서 있었다. 구현진은 엘리베이터를 타고 25층 버튼을 눌렀다.

"좋은 데 사네. 하긴 나도 사기만 당하지 않았어도 이런 곳에서 살고 있었을 텐데……."

구현진이 쓸쓸하게 웃었다. 그사이 엘리베이터는 25층에 도착했다. 현관으로 걸어가 벨을 눌렀다. 잠시 후 문이 열리며 예쁘게 생긴 여자가 고개를 내밀었다.

"들어오세요."

"네."

구현진이 안으로 들어갔다.

그 여자는 구현진을 보며 말했다.

"여기에 놔주세요."

그 여자가 긴 머리카락을 쓸어 올렸다.

구현진은 그녀의 행동을 보고 잠시 넋을 잃었다.

'아이고, 예쁘기도 해라.'

그러기를 잠깐, 고개를 흔든 구현진은 철가방을 입구에 내려놓았다.

"여기 내려놓으면 되죠?"

"네."

구현진이 철가방을 열어 주문한 것을 하나둘 내려놓았다.

그때 화장실 문이 열리며 남자가 나타났다.

"어? 왔어?"

"지금 왔네."

구현진이 여자를 힐끔거리다가 화장실에서 나온 남자와 눈이 마주쳤다. 순간 움찔한 구현진이 재빨리 시선을 피했다. 하지만 남자는 별 상관없는지 바닥에 놓인 음식으로 시선을 돌렸다.

"이야, 맛있어 보이네."

남자가 입맛을 다셨다.

"그렇지? 그니까 자주 시켜 먹자!"

여자의 투덜거림에 남자가 고개를 저었다.

"싫어! 난 당신이 해준 음식이 더 맛있단 말이야."

"치이!"

두 사람의 알콩달콩한 소리를 들으며 구현진이 철가방 뚜껑을 닫았다.

"2만 8천 원입니다."

"2만 8천 원이요?"

여자는 잠시 주머니를 확인하더니 당황한 얼굴로 말했다.

"아, 잠시만요."

여자는 재빨리 돈을 가지러 들어갔다. 그 모습을 본 남자가 한 소리 했다.

"에이, 사람도 참……. 미리미리 준비했어야지."

남자는 멋쩍게 웃으며 구현진에게 넉살 좋게 말했다.

"많이 덥죠?"

"예, 뭐 그렇죠."

"날도 더운데 고생이에요. 하필 우리 집이 꼭대기라서……."

"아닙니다. 좋은 데 사시네요."

그런데 남자가 갑자기 구현진을 유심히 바라보았다.

"저기……. 낯이 많이 익는데, 우리 어디서 만난 적 있던가요?"

"저를요?"

"네."

"글쎄요. 저는 처음 뵙는데……. 아! 전에 청화루에 있었는데, 혹시 거기서 주문하신 적 있나요?"

"아니요. 저희는 잘 시켜 먹지를 않아서요."

"아, 그러세요?"

구현진이 고개를 끄덕인 후 그 남자의 시선을 피했다. 그리고 여자가 사라진 방향으로 시선을 두며 중얼거렸다.

"사모님은 아직이신가?"

그때였다.

"아, 맞다! 구현진! 혹시 구현진 선수 아니에요?"

구현진은 순간 당황했다.

"무, 무슨 말씀이세요. 제가 구현진 선수라니요. 아닙니다."

구현진이 어색하게 웃었다.

"아닌데, 맞는데……."

"안 그래도 제가 구현진 선수 닮았다는 소릴 많이 들어요. 저도 그것 때문에 일일이 설명하느라 피곤할 지경이에요."

"아, 그러세요?"

남자는 고개를 갸웃하면서도 뭔가 의심스러운지 구현진을 계속해서 쳐다봤다. 구현진은 고개를 돌리며 애써 눈길을 피했다. 그러다가 남자가 고개를 가로저었다.

"하긴 구현진 선수가 중국집 배달원일 리는 없지."

그때 여자가 뛰어나왔다.

"죄송해요, 많이 기다렸죠?"

"아닙니다."

"현금이 없어서 그런데 카드 결제되죠?"

"네. 그럼요."

구현진은 곧바로 품 안에서 결제기를 꺼내 여자가 내민 카드를 서둘러 긁어 내렸다. 작은 화면에 승인이 떨어졌다는 것을 확인한 후 곧바로 영수증과 함께 카드를 건넸다.

"맛있게 드십시오."

구현진이 철가방을 들고 서둘러 빠져나온 후 문을 닫았다. 엘리베이터는 이미 1층으로 내려가 있었다. 엘리베이터 버튼을 누른 후 구현진이 긴 한숨을 내쉬었다.

"후우……. 진짜 쪽팔려 죽겠네."

2.

구현진은 아파트를 나와 높은 층을 올려다보았다.

"젠장, 나중에 빈 그릇 가지러 와야 하는데⋯⋯."

혹시나 다시 마주칠까 봐, 구현진은 살짝 겁이 났다.

하지만 빈 그릇을 가져오지 않으면 사장에게 한 소리 들어야 했다.

"제기랄⋯⋯."

구현진이 터벅터벅 중국집을 향했다.

그런데 놀이터가 눈에 들어왔다. 구현진은 자연스럽게 그쪽으로 향했다. 놀이터 벤치에 철가방을 내려놓고 담배 한 대를 꺼내 입에 물었다.

"후우, 야구 그만둔 지가 언제인데 어떻게 날 알아보지?"

구현진은 한때 대전 이글스에서 투수로 활약했었다. 하지만 구현진을 제대로 아는 사람들은 고등학교 시절부터 언급하곤 했다.

고등학교 때만 해도 덩치에 안 맞게 부드러운 투구폼과 빠른 포심 패스트볼을 앞세워 많은 타자를 삼진으로 돌려세웠다. 그 모습이 마치 유현진을 보는 듯했다.

그래서인지 대전 이글스에서 많은 관심을 가졌다. 결국, 제2의 유현진으로 키우겠다는 대전 이글스의 확답에 구현진은 사인하였다.

하지만 구현진은 고등학교 1학년 때부터 부상을 안고 있었다. 바로 어깨와 팔꿈치였다. 병원에서는 수술하라고 했지만 하지 않았다.

한창 잘나가는 시기에 어깨나 팔꿈치에 칼을 댄다는 것은 선수 생명에 치명적이기 때문이었다. 자칫 선수 생활이 끝날 수도 있었다.

결국, 구현진은 깊은 고민 끝에 약물치료와 재활을 선택했다. 극심한 통증이 있었지만 이를 악물고 버텨냈다. 그리고 나쁘지 않은 3학년을 보낸 뒤 2차 지명 2라운드에 계약금 2억 5천만 원을 받고 이글스에 입단했다.

대전 이글스 구단은 구현진의 재능을 높이 평가하고 곧바로 1군 기회를 주었다.

구현진은 그 기회를 놓치지 않으려 이를 악물었다. 그 결과 4월 한 달간 총 4게임에 나서 4승 무패, 평균자책점 1.12에 삼진을 무려 32개를 기록했다.

구현진은 4월 MVP에 오르며 뜨거운 관심을 받게 됐다. 모든 관심이 구현진에게 쏟아졌다. 언론에서는 대형 신인이 떴다며 구현진을 연일 뜨거운 화두에 올렸다.

대전 이글스에서도 제2의 유현진으로 팀의 프랜차이즈 스타로 키우겠다고 홍보에 나섰다.

하지만 4월에 최고의 투구를 보였던 구현진이 5월에 들어서 최악의 투구를 보였다. 4월에 무리하면서 결국 팔꿈치에 탈이 나버린 것이다.

"아무래도 안 되겠는데요?"

팀 닥터는 수술이 필요하다고 했다. 구현진도 더 이상 버틸 수 없다고 판단하고 수술 쪽으로 가닥을 잡았다. 그런데 이번 에는 구단이 반대하고 나섰다.

"구현진 선수, 수술을 잠시 보류해 줄 수 없는가?"

"수술을요?"

"그래. 지금 우리 팀 사정이 좋지 않아. 자네도 알지 않는가."

"알고는 있지만……."

"그러지 말고 일단 약물치료와 재활을 병행해 보자고. 그래 도 안 되면 최후의 수단은 수술이겠지만."

두 명의 용병 중 한 명이 시범경기 기간에 사고를 쳐서 아웃 된 상황이었다. 게다가 5선발로 내정되었던 선수까지 음주 운 전으로 자숙하게 되었다.

이렇듯 5명의 선발진 중 2명이 빠져 버린 상황에서 이글스는 구현진과 대학교를 졸업하고 온 이한민에 의해 간신히 선발진 을 꾸리고 있었다.

"용병은 현재 구하고 있으니까 한 달, 아니, 두 달만 버텨보 자고."

구현진은 이런 구단의 사장을 잘 알고 있었기에 구단의 뜻에 따르기로 했다.

"알겠습니다. 하지만 수술은 꼭 받게 해주셔야 합니다.

"알겠네. 그리 하겠네."

결국, 구현진은 주사와 재활로 버텨냈다.

그러나 팔꿈치 부상이 더 심각해지면서 4월 최고의 신인에서 5월 최악의 신인으로 롤러코스터를 탔다. 설상가상 구단이 제대로 용병을 구하지 못하면서 수술은 차일피일 미뤄졌다.

결국, 6월에 퓨처스 리그로 내려가게 됐지만, 구단은 약속했던 수술을 해주지 않았다. 구현진 역시 부진으로 인한 미안함 때문에 수술에 대해서는 말도 꺼내지 못했다.

그렇게 주사와 약으로 버틴 지 2년이 흘렀고, 구현진은 더이상은 버틸 수 없었다.

"저 수술받고 싶습니다."

구현진은 구단에 요구했다. 더 이상은 버틸 재간이 없었다. 진통제를 맞아도 그때뿐이었다. 밤만 되면 극심한 통증에 시달려야 했다. 구단도 더 이상은 어쩔 수 없다고 판단했는지 허락했다.

"알았다, 수술해라. 대신 재활 중에 군대 갔다 와라."

구단의 조건을 수락하고, 구현진은 곧바로 수술대에 올랐다. 그리고 공익 근무 요원으로 일하면서 재활에 힘썼다. 소집

해제와 함께 재활도 끝났다. 이글스로 복귀한 구현진은 공을 던지기 시작했다.

그런데 문제가 발생했다. 예전 구속이 나오질 않았다. 한때 구현진은 포심 패스트볼이 155㎞/h까지 나왔었다. 어깨 하나는 자신 있었는데, 재활 후 구속은 138㎞/h 그 이상 올라가지 않았다.

이를 악물고 던져야 겨우 140㎞/h 정도 나왔다. 구현진은 이 구속으로는 1군에서 살아남지 못한다는 것을 알았다. 좀 더 연습하면 140㎞/h대 후반은 찍을지도 몰랐다.

그래서 구속을 되찾기 위해 밤낮으로 노력했다. 하지만 그런 노력에도 구현진은 예전의 기량을 되찾지 못했다. 결국, 구단은 구현진을 방출했다.

야구를 할 수 없게 된 구현진은 할 수 있는 일이 없었다. 평생 공 던지는 것만 생각했지 다른 것은 관심을 가진 적도, 해본 적도 없었다.

계약금으로 받은 돈도 아버지가 분양 사기를 당하며 전부 날려 버렸다. 그 때문에 아버지는 화병을 얻어 술로 지내시다가 돌아가셨다.

그래서 이 일, 저 일 하다가 결국 오토바이 면허를 따서 중국집 배달일을 시작했다. 원래 구현진은 배달을 1년만 할 생각이었다. 그 1년 동안 돈을 모아서 다른 사업을 하려고 했다.

하지만 1년 가지고는 생각했던 것만큼의 돈이 모이지 않았다. 그렇게 버텨 온 시간이 어느덧 7년이었다. 하지만 이제 진짜 그만둬야 할 때인 것 같았다.

"에효, 자존심이 있지. 얼굴까지 팔린 마당에 어떻게 이 일을 계속해! 에잇!"

구현진이 피우던 담배를 던졌다.

그러자 저 멀리 있던 경비 아저씨가 곧바로 소리쳤다.

"이봐요! 거기 담배꽁초 버리지 말라니까."

"아, 예에……. 죄송합니다."

구현진은 서둘러 담배꽁초를 주웠다.

"염병……."

철가방을 들고 투덜거리며 중국집으로 걸음을 옮겼다.

3.

가게에 들어가자마자 주인 사내의 호통이 이어졌다.

"아니, 너는 배달을 보낸 지 언제인데 이제 오냐!"

주인 사내는 다행히 야구에 대해서 전혀 모르는 사람이었다. 게다가 야구도 싫어했다. 그래서 과거를 들통날 걱정도 없었다.

하지만 주인 사내는 구현진을 몰라도 너무 몰라주었다. 그저 나이 먹고 할 짓이 없어 배달이나 하는 부류로 취급했다.

"오다가 담배 한 대 피웠어요."

"담배를 한 시간이나 피우냐? 배달 밀려 난리인데, 어서 가!"

주인 사내가 주소가 적힌 종이쪽지를 내밀었다. 그것을 확인한 구현진이 인상을 썼다.

"아니, 여긴 멀잖아요."

"멀긴 뭐가 멀어!"

"걸어서 한참이잖아요. 가다가 자장면 다 붙겠네."

"잔소리 말고 어서 가지 못해!"

"에이, 그럼 오토바이 하나 사주든가!"

"야! 오토바이 살 돈이 어디 있어? 그리고 지난번에 철수가 오토바이 박살 냈잖아."

"참! 오토바이 언제 고칠 거예요?"

"돈이 없다! 돈이!"

"젠장! 그럼 지금 버는 돈은 다 어디에 있어요?"

"야, 하루 팔아서 남는 돈이 있냐? 재료 사고, 너 인건비 빼면 남는 게 어디 있냐? 있으면 좀 줘 봐!"

"내가 그걸 왜 줘요?"

"그럼 쓸데없는 말 말고 어서 배달이나 가!"

"염병, 진짜 철가방 들고 거기까지 어떻게 걸어가요!"

"그럼 자전거라도 타고 다닐래? 그거 중고라도 구해볼 테니까."

"젠장! 됐어요!"

구현진은 투덜거리며 철가방을 들고 밖으로 나갔다.

"빌어먹을……."

중국집을 나선 구현진은 도로 가로 향했다.

오늘따라 도로가 한적했다.

교차로에 도착한 구현진은 횡단보도 앞에 섰다.

"에효, 내 다리가 무쇠 다리도 아니고, 거기까지 언제 가냐."

구현진이 푸념을 늘어놓았다.

그때였다. 갑자기 옆에서 공이 튀어나왔다.

"어?"

통통 튀는 공의 뒤쪽에서 대여섯 살쯤 되어 보이는 어린아이가 공을 줍기 위해 도로에 뛰어들었다.

구현진이 깜짝 놀란 눈으로 어린아이를 보았다.

"야, 야! 위험해!"

구현진이 소리쳤다.

그때 맞은편 교차로에서 트럭이 다가오는 소리가 들렸다.

"야, 꼬맹아! 어서 이리 와! 위험해!"

구현진이 계속해서 소리쳤다.

하지만 어린아이는 공을 쫓기에 바빴다. 그사이 트럭이 좌

회전을 시도했다. 분명 횡단보도에 불이 들어왔지만 망설이지 않았다.

트럭은 곧 코너를 돌아 모습을 드러냈다. 구현진은 아이와 차를 번갈아 보았다. 그때까지 아이는 차를 발견하지 못한 듯했다. 트럭 운전수도 아이를 발견하지 못한 듯 속도를 줄이지 않았다.

"젠장⋯⋯."

구현진이 철가방을 내려놓고 몸을 날렸다.

빠앙!

그때 구현진을 발견한 차가 다급히 경적을 울렸다. 그 소리를 들은 아이도 고개를 돌려 차를 확인했다.

"엄마!"

아이가 눈물을 글썽였다. 구현진이 아이를 한 팔로 안고 뒹굴었다. 다행히 트럭이 옆으로 지나쳤다. 하지만 안심할 단계는 아니었다.

때마침 맞은편에서도 차가 달려오고 있었다. 구현진은 오른팔로 아이를 안은 채 왼팔로 땅을 짚었다. 하나 그 순간 힘이 들어가지 않아 몸을 일으키지 못했다.

"어?"

구현진이 비틀거리며 털썩 주저앉았다.

그사이 어머니로 보이는 여성이 소리쳤다.

"한음아! 한음아!"

아이의 엄마가 울부짖는 소리가 들려왔다. 구현진은 일단 아이를 일으켜 세워 엄마에게 밀었다.

"엄마한테 뛰어가! 어서!"

아이를 밀치고 구현진도 일어나려고 몸을 일으켰다.

그 순간.

끼이이익!

"아, 씨팔……."

쾅!

구현진의 몸이 공중으로 비상했다. 그리고 몇 미터를 날아가 땅바닥을 뒹굴었다. 아스팔트 도로에 붉은 피가 퍼지기 시작했다.

'하아, 빌어먹을……. 이렇게 죽을 거였으면…….'

구현진이 야속한 눈으로 왼팔을 바라봤다. 그리고…… 의식이 점점 멀어져 갔다.

1장

수술 받을래요

I.

"현진아, 일어나라. 여기서 자고 있으면 우야노!"

구현진은 누군가 깨우는 소리에 눈을 떴다. 그러자 하얀색 벽이 눈에 들어왔다. 그것을 확인한 구현진은 혹여 자신이 죽어서 천국에 온 것은 아닌지 생각했다.

"천국…… 인가?"

"뭔 소리고?"

구현진의 귓가로 탁한 사투리가 들려왔다.

"뭘 혼자 중얼거리노. 정신 차리라!"

'누구지?'

구현진이 고개를 옆으로 돌렸다. 그러자 낯익은 얼굴이 눈에 들어왔다.

"어?"

"어? 어는 뭐꼬, 어는! 문디 자슥! 여기서 자고 있으면 우짜노!"

"아버지?"

"그럼 아버지지, 엄마냐!"

"아버지가 왜 여기에……."

구현진은 놀란 눈으로 아버지를 바라보았다.

'가, 가만. 아버지는 돌아가셨는데……. 그럼 내가 죽은 건가? 아버지를 천국에서 만난 것을 보면…….'

오랜만에 아버지를 보니 구현진은 눈물이 날 것 같았다.

"아버지 잘 계셨어요?"

그러자 아버지가 어이없는 표정을 지었다.

"이놈이, 아직 잠이 덜 깼나? 자꾸 너 헛소리할래? 아버지가 뭐라 했노. 여기서 조금만 기다리라고 했제. 그것도 못 참고 자고 있으면 우야노!"

아버지의 말을 들은 구현진은 눈을 크게 떴다.

'내가 잤다고? 죽은 게 아니라?'

구현진이 어느 정도 정신을 차린 후 물었다.

"아버지, 여기 어딘데요?"

"눈이 있으면 함 봐라. 여기가 어딘지."

구현진이 뭔가 이상함을 깨닫고 고개를 좌우로 돌려 확인했다. 간호사와 의사들이 보였고, 다른 의자에는 환자들이 앉아 있었다.

"병원? 병원이에요?"

"허허, 인마 보게. 너 요새 와 그라노? 진짜 무슨 일 있나?"

"그게 아니라 내가 왜 병원에 있냐고요."

"뭐라카노! 안 되겠다, 화장실 가서 세수하고 온나! 어여!"

아버지가 구현진의 등을 때렸다.

구현진은 아버지의 성화에 못 이겨 몸을 일으켰다. 두통이 밀려왔지만 애써 참아내며 걸음을 옮겼다.

"인마야. 거기 말고! 저쪽 아이가, 저쪽!"

구현진은 아버지가 가리킨 방향으로 몸을 움직였다. 화장실로 들어간 구현진은 거울 앞에 섰다. 그 거울을 본 순간 화들짝 놀랐다.

"헉! 뭐야!"

거울에 비치는 얼굴이 어렸을 적과 똑같았다.

"뭐야, 이 얼굴은? 왜 내 얼굴이……."

구현진은 손을 들어 자신의 얼굴을 매만졌다. 그런 자신의 행동이 거울 속에 그대로 비쳤다. 얼굴의 감촉도 그대로 전해졌다.

"지, 진짜 내 얼굴인데? 왜 어려졌지?"

구현진은 살짝 망설이다가 물을 틀었다. 손에 느껴지는 차가움은 진짜였다.

구현진이 물에 젖은 자신의 손을 바라보았다. 만약 꿈이라면 차갑다거나 감촉을 느낄 수 없을 것이다.

하지만 지금은 모든 것이 생생하게 느껴졌다.

"진짜 뭐지? 난 분명히 차에 치였는데……. 죽었다고 생각했는데……."

구현진이 서둘러 자신의 몸을 훑었다.

차에 치였다면 여기저기 피를 흘렸을 것이고, 어디 한군데 부러졌거나 크게 다쳤을 것이다. 그런데 너무 멀쩡했다. 피 한 방울 흘리지 않았다.

"도대체 어떻게 된 거야?"

구현진이 거울 속 자신을 바라보며 왼팔을 들었다.

그 순간 특유의 통증이 느껴졌다.

"윽!"

잔뜩 인상을 구기며 왼팔을 감쌌다.

"이 통증은……."

구현진이 느끼고 있는 이 통증은 익히 알고 있는 것이었다.

"꿈이 아니었어? 나 과거로 돌아온 거야? 진짜 타임 슬립?"

구현진은 재차 확인하기 위해 왼팔을 들었다. 그러자 똑같은 통증이 그대로 전해졌다.

구현진이 느끼는 이 통증은 고등학교 때부터 프로까지 약

7년을 참아야 했던 짜증 나는 통증이었다. 이 통증을 이겨내기 위해 약물과 재활을 수없이 반복했다.

물론 그 후에 수술을 받고 통증에서 벗어날 수 있었다. 그런데 그것이 다시 느껴졌다. 그것도 수술받기 전 그 느낌 그대로 말이다.

앳된 얼굴, 통증 그리고 아버지까지. 이건 과거로 돌아오지 않고서야 불가능한 일이었다.

"어, 어떻게 이런 일이 있을 수 있지?"

구현진은 순간 헛웃음이 났다.

"헛! 말도 안 돼! 어떻게 이런 일이 일어날 수 있지?"

구현진은 어처구니가 없었다. 하물며 너무나 당황스러워 어떻게 반응해야 할지도 몰랐다.

"일단 진정하고 여기가 어디인지부터 파악하자."

구현진은 애써 마음을 가라앉힌 후 화장실을 나왔다. 그리고 의자에 앉아 있는 아버지를 보았다.

"그럼 저기 계신 아버지도 돌아가신 게 아니구나."

구현진이 아버지 곁으로 와서 앉았다.

"정신 차렸나?"

"정말 아버지…… 맞아요?"

"니, 아직도 정신 못 차렸나?"

"아버지! 지금 몇 년도에요?"

"몇 년도? 니 진짜 정신없나 보네. 갑자기 와 이라는데? 올해가 몇 년도인 줄도 모르나?"

구현진은 아버지에게 더 물어봤다가 혼이 날 것 같아서 고개를 돌렸다. 그러자 벽에 걸린 달력을 볼 수 있었다.

2016년 9월 7일. 그 순간 구현진의 머릿속에 하나의 기억이 떠올랐다.

'아! 병원! 고등학교 1학년 때 검사받으러 왔었지.'

구현진이 눈을 크게 떴다. 구현진은 어깨 통증이 너무 심해 병원에 검사를 받았었다.

구현진은 그날의 기억을 되짚어 보았다. 물론 검사 결과는 좋지 않았다. 당연히 의사 선생은 수술을 권했지만, 아버지는 받아들이지 않았다.

'하아, 맞아. 지금이 그때였구나.'

2.

"구현진 환자님!"

그 소리에 구현진이 상념에서 깨어났다.

"네."

"들어오세요."

구현진은 아버지와 함께 진료실로 들어갔다. 아버지는 의자에 앉자마자 질문을 했다.

"검사 결과 나왔습니꺼?"

의사가 차트와 MRI를 확인하더니 심각한 얼굴로 말했다.

"아무래도 수술해야 할 것 같은데요."

"뭐라고요?"

"자, 여기를 보시면 이곳이 바로 회전근개라는 부분입니다. 잘 보시면 이 부분이 많이 찢어져 있지 않습니까? 시간이 지체되면 통증이 더 심해질 수 있어요."

의사는 구현진을 보며 말했다.

"통증이 상당했을 텐데……. 아프지 않았어요?"

구현진은 말없이 왼팔의 팔꿈치를 감쌌다. 아버지가 그것을 보고 의사에게 물었다.

"선생님, 꼭 수술해야 합니까? 다른 방법은 없습니까?"

"네, 아버님. 지금 상황에서는……."

의사 선생은 MRI 영상을 보여주며 다시 한번 상세히 설명해 주었다.

"아까도 말씀드렸지만, 지금으로서는 수술이 최고의 방법입니다. 그러니 수술하는 수밖에 없습니다. 수술받으세요."

"선생님, 야가 뭐 하는 앤지 아십니까?"

"야구 선수 아닙니까?"

"알고 계시네예. 그럼 팔에 칼을 대면 어찌 되는지도 알지예?"

"……."

아버지의 공격적인 언행에 의사 선생은 입을 다물었다. 아버지는 약간 화가 난 말투로 말을 이었다.

"아무리 그래도 남의 애라고 그렇게 함부로 말하는 거 아닙니더."

"아버님, 함부로 말씀드리는 것이 아닙니다. 저 또한 아버님께서 무슨 심정으로 말씀하시는지 잘 압니다. 하지만 구현진 학생의 미래를 위해서 무엇이 최선인가를 생각하지 않을 수 없습니다. 무엇보다 약물치료와 재활은 한계가 있습니다. 게다가 상황을 더 악화시킬 수도 있고요. 더 나아가서는 선수 생명이 짧아질 수도 있습니다. 그러니 아버님 수술을 너무 부정적으로만 보지 마십시오. 구현진 학생은 아직 어리니까……."

"아, 됐고! 치우소, 마! 뭐, 이런 병원이 다 있노. 가자, 현진아."

아버지는 성질을 내며 진료실을 나가 버렸다. 구현진이 말없이 자리에서 일어나 의사 선생에게 인사했다.

"죄송합니다, 선생님."

"아니야. 괜찮아."

구현진이 몸을 돌려 진료실을 나가려 했다. 그때 의사 선생의 말이 들려왔다.

"구현진 학생! 아버지를 잘 설득해서 수술하는 게 좋을 거야. 자네의 선수 생활을 위해서도 말이야."

"네, 알겠습니다."

구현진이 다시 인사를 한 후 진료실을 나섰다. 그리고 밖으로 나와 무겁게 한숨을 내쉬었다.

"하아."

과거의 구현진은 화가 났었다.

자꾸 수술하라는 것이 꼭 '넌 끝났어!'라는 사망 선고를 내리는 것 같았다. 그래서 그 반발 심리 때문에 수술을 받지 않았을지도 모른다.

그렇지만 이미 한 번 살아봤기 때문일까. 지금은 좀 더 일찍 치료받지 않은 것을 후회했다.

이제 와 생각해 보면 의사의 말이 옳았다.

"그때 의사 선생님의 말을 들었어야 했어."

구현진은 저 앞에 걸어가는 아버지를 따랐다. 병원을 나선 아버지는 그때까지 콧김을 뿜어내며 씩씩거렸다.

"수술? 수술이라꼬? 팔에 칼을 대면 어찌 되는지 지들이 아나? 아냐고! 한 아이의 인생을 가지고 지들이 뭔데."

"······."

구현진은 말없이 아버지 뒤를 따랐다. 아버지가 걸음을 멈추고는 뒤를 돌아보았다.

"퍼뜩 안 오고 뭐 하노!"

구현진이 빠른 걸음으로 아버지 곁으로 갔다.

"그 돌팔이가 뭐라대?"

"수술하래요."

"염병! 암튼 서울 놈들은 믿을 게 못 된다더니. 딴 병원 가자, 딴 병원!"

구현진은 한숨을 내쉬었다. 과거에도 저랬었다. 일주일간 특진비를 써가며 이 병원, 저 병원 참 많이도 다녔다. 택시를 타고 다니면서 전화로 예약했다. 그렇게 병원 검사비만 500만 원 정도 나왔다.

하지만 구현진은 아버지를 말리지 않았다. 저렇게 해야 불같은 아버지의 성격이 풀린다는 것을 알고 있었기 때문이었다. 그래서 구현진은 묵묵히 아버지를 따라다녔다.

그 덕분에 구현진은 확실히 알았다. 자신이 과거로 돌아왔다는 사실을 말이다.

3.

다섯 번째 병원에서도 똑같은 말을 들은 아버지는 모텔방에 돌아와서 술을 마시기기 시작했다.

조금이라도 희망적인 말을 들었으면 좋았겠지만 똑같은 말만 되풀이해서 들으니 속이 많이 상했던 모양이었다. 술을 한 잔 따른 아버지는 힐끔 구현진을 보았다.

"니도 한잔할래?"

"아버지! 나 미성년자잖아요."

"아버지가 따라주는 술은 괜찮다. 이리 온나!"

"됐어요, 안 마실래요."

"그래? 그럼 니가 따라봐라."

구현진이 아버지께 술을 따랐다. 그런데 안주 하나 없이 깡 소주를 들이켜고 계셨다.

"안주도 없이……."

구현진이 자리에서 일어나 냉장고 문을 열었다.

"와?"

"아뇨, 뭐 좀 찾으려고요."

모텔이다 보니 먹을 게 하나도 없었다. 그런데 냉장고 구석에 참치 통조림이 보였다. 어제 라면 먹다가 남은 고추참치 통조림이었다. 그것을 꺼내 뚜껑을 타서 조심스럽게 아버지 앞으로 내밀었다. 그것을 힐끔 본 아버지가 손을 획획 저었다.

"치아라, 마!"

"이거라도 드세요. 속 다 버려요."

구현진이 다시 고추참치 통조림을 아버지 앞으로 밀었다. 그것을 본 아버지는 그저 피식 웃었다.

"우리 아들 다 컸네."

아버지는 그래도 아들이 자신을 챙겨주니 기분은 좋았다. 고추참치를 젓가락도 없이 손으로 푹 쑤셔서 입으로 가져갔다. 손가락에 묻은 고추참치 기름을 쭉쭉 빨았다.

그러고는 한 잔, 두 잔 말없이 술만 들이켰다. 그리고 소주 한 병을 거의 다 드셨을 때쯤 아버지가 구현진을 불렀다.

"현진아⋯⋯."

"네에."

"니 우짤래?"

그 말을 듣는 순간 예전의 기억이 또 떠올랐다.

그때는 그저 모든 게 조마조마했다. 생각도 복잡하여 뭐가 옳은지도 몰랐다. 한편으로는 수술하라고 할까 봐 겁이 났다. 그래서 아버지가 저렇게 물어봤을 때 구현진은 기쁜 마음으로 답했다.

"아빠, 나 수술하기 싫어요."

솔직히 말하면 수술하는 것이 무서웠다. 다시는 선수 생활을 못 할지도 모른다는 불안감에 휩싸였다. 그래서 아버지에게 거짓말을 했다.

"별로, 아프지도 않아요."

구현진은 미소를 지으며 아버지를 안심시켰다. 아버지는 그런 구현진의 말을 철석같이 믿었다.

하지만 그 거짓말의 대가가 어땠는지 구현진은 뼈저리게 알고 있었다. 그때 그런 말을 했던 것을 평생 후회하며 살아왔다.

그런데 그 모든 것을 바꿀 수 있는 과거로 돌아왔다. 지금이 바로 그 시작이었다.

"아버지, 제가 진짜 곰곰이 생각해 봤거든요."

"그래!"

"저 그냥 수술할게요. 아니, 수술받고 싶어요."

구현진의 말을 들은 아버지의 눈이 커졌다.

"정말이가?"

"네."

"진짜 수술할 끼가?"

"네. 하고 싶어요."

"니 수술하면 어찌 되는지 알고는 있제?"

"네, 알고 있어요. 그런데 아버지……."

구현진이 조용히 아버지를 불렀다.

"말해봐라."

"솔직히 말씀드릴게요. 사실 아버지 걱정하실까 봐 말씀을 드리지 못했지만, 저 어깨가 너무 아파요. 팔꿈치 통증도 너무 심하고요. 공 던질 때마다 찢어질 것 같은데 참고 던졌어요. 그런데 이제는 그 고통 느끼기 싫어요."

구현진의 솔직한 말에 아버지는 벙찐 얼굴로 헛바람을 삼켰다.

"헉!"

그리고 아버지는 어이없다는 듯 구현진을 바라보았다.

"와, 그걸……."

"아빠 모르게 진통제도 맞고 있어요."

그러자 아버지가 버럭 화를 냈다.

"그거를 와 인자 말하노! 문디 자슥아! 진즉 말을 했어야지. 와 그걸……."

아버지는 속상한지 술잔을 들어 입에 털어 넣었다.

"와, 아버지를 나쁜 사람으로 만드는 기고."

아버지는 아예 새로운 병을 까서 병째로 벌컥벌컥 마셨다. 그러자 구현진이 아버지를 말렸다.

"그만 마시세요."

"치아라, 마!"

"제가 잘못했어요. 그런데 저 진짜 아버지를 위해서 열심히 하고 싶었어요. 그래서 참고 던졌는데⋯⋯. 솔직히 이대로 던졌다가는 팔이 망가질 것 같아요. 그러니까, 아빠! 우리 수술해요."

아버지가 술병을 내려놓고는 구현진을 바라보았다.

"아이고, 문디 자슥아, 이런 문디 자슥⋯⋯."

아버지는 슬픈 눈으로 구현진을 바라보더니 이내 옆으로 푹하고 쓰러졌다.

술에 취한 아버지를 본 구현진이 한숨을 내쉬었다.

"후우⋯⋯."

아버지를 침대에 눕힌 후 불을 껐다. 그리고 아버지 옆에 나란히 누웠다. 아버지가 한숨을 푸 하고 내쉴 때마다 방안이 알코올 냄새로 가득 찼다. 구현진은 자기도 모르게 취할 것 같았다.

핸드폰을 들어서 켰다. 핸드폰에서 빠져나오는 불빛이 얼굴을 비췄다. 그것을 바라보며 구현진은 생각에 잠겼다.

'그땐 무엇이 그리 무서워서? 아예 선수 생활을 못 할까 봐? 아니면 아버지의 기대에 못 미칠까 봐?'

그 생각을 하며 구현진은 아버지를 슬쩍 바라보았다. 이번에는 아버지가 반대한대도 수술을 받을 생각이었다. 솔직히 수술한다고 해서 잘된다는 보장은 없었다.

그래도 과거로 돌아온 만큼 다시 아픈 팔을 붙잡고 살고 싶지는 않았다. 구현진은 이리저리 뒤척이다가 목이 말라 침대에서 일어났다. 냉장고 문을 딱 여는 순간 아버지가 뒤척이며 일어났다.

"현진이가? 뭐꼬?"

"아버지 깼어요? 저 금방 물 마시고 문 닫을게요."

구현진이 급히 뚜껑을 따서 물을 벌컥벌컥 마셨다. 그때 아버지의 힘없는 목소리가 들려왔다.

"니 진짜 수술해야겠나?"

"……네. 할 거예요. 아니, 하고 싶어요."

"꼭 할 거라고?"

"네."

"그러다가 잘못되면 우짤래?"

"아버지, 수술하지 않고 이대로 가도 평생 아파야 하잖아요. 그냥 홀가분하게 공 던지고 싶어요."

"니, 그 수술하믄 어떻게 되는지 아나?"

"알아요. 물론 예전처럼 빠르게 던지지 못할 수도 있어요. 그래도 맘 편히 던지고 싶어요, 아버지."

아버지가 몸을 일으켜 침대에 걸터앉았다. 그리고 깊은 한숨을 내쉬었다.

"후우……."

잠깐의 침묵이 흘렀다. 그리고 아버지가 결심한 듯 구현진을 바라보았다.

　"오야, 니 뜻이 정 그렇다면 하자!"

　"네에?"

　"하자고, 수술!"

　"고마워요. 아버지."

· 2장 ·

토미 존 서저리

I.

"네, 아, 예에……. 그렇게 되었습니다. 예. 어쩔 수 없죠. 잘
되길 빌어야죠. 네, 감사합니다. 그럼 들어가십시오."

아버지가 전화를 끊었다. 옆에서 가만히 듣고 있던 구현진
이 물었다.

"감독님께 말씀드렸어요?"

"그래! 수술 잘 받으라고 하더라."

"아, 네에……."

구현진은 안도의 한숨을 내쉬었다. 다행히 감독님이 수술
에 반대하지 않았다. 과거의 감독님은 수술에 대해서 별로 내
켜 하지 않았다. 그 당시 감독님과의 면담은 지금과 달랐다.

"어떻게 할 거야?"

"수술 안 받고 재활로 할게요."

"그래, 잘 생각했다."

그래서 반대할 줄 알았는데, 막상 감독님은 '잘 생각했다.'라고 말했다. 그 한마디가 구현진의 뜻을 존중해 준다는 의미였음을 뒤늦게 깨달았다. 감독님이 그렇게 말해주니까 구현진도 마음이 한결 편했다.

"아버지, 수술은 어디서 받을까요?"

"일본 가자. 일본이 잘한다고 하더라."

아버지의 말에 구현진은 고개를 가로저었다. 사실 일본에 가서 수술하면 수술비, 그곳에 머물 숙소며 식사까지 돈이 한두 푼 들어가는 것이 아니다.

분명 아버지는 빚을 내서라도 그 돈을 감당할 것이 뻔했다. 구현진은 아버지에게 그런 부담을 주기 싫었다.

"아버지, 그냥 한국에서 할래요."

"무슨 말도 안 되는 소리를 하노."

"서울에 잘하는 병원이 있대요."

"그래? 니가 그걸 우째 아노?"

"예전에 제가 알아봤거든요."

"잠깐만 기다려 봐라."

아버지도 나름 서울병원에 대해서 알아봤다. 그곳의 선생은 토미 존 서저리 수술을 위해 미국 유학까지 다녀온 사람이다.

LA 조브 클리닉에서 직접 배우고, 공부하고 대한민국으로 돌아와 국내 프로야구 선수들을 직접 집도했다. 그에게 수술 받은 사람 중엔 전보다 구속이 더 나오게 된 경우도 있었다.

"대충 알아보니 성공률이 90% 정도라던데 괜찮겠나?"

"그 정도면 좋네요."

"그러다 10% 안에 들면 우야노?"

"아버지, 절대 그렇지 않아요. 아니, 반드시 성공할 수 있을 거예요."

구현진은 확신 어린 얼굴로 말했다. 그도 그럴 것이 수술이 잘못될 거였으면 과거로 돌아오지도 않았을 것 같았다.

"그래, 나도 모르겠다. 니 알아서 해라."

아버지도 고개를 끄덕이며 승낙했다. 그 후 아버지는 모든 것을 빠르게 처리했다. 구현진과 아버지는 수술 날짜를 잡기 위해 서울병원을 찾았다.

MRI를 지켜보던 집도의 이한중 의사는 미소를 지으며 말했다.

"생각보다 심각하지는 않네요."

"이게요?"

아버지가 궁금증을 가지며 물었다. 그러자 이한중이 친절하게 설명해 주었다.

"프로에서는 여기 인대가 너덜너덜해서 오는 선수들이 대부분이에요. 아예 끊어진 사람도 있어요. 이 정도면 심각한 것은 아니에요."

그러자 아버지가 눈을 번쩍 떴다.

"그럼 수술 안 해도 되는 겁니꺼?"

"아, 그건 아니에요."

"무슨 의사 양반이 이랬다, 저랬다 합니꺼."

"아버님, 한번 상처 난 팔꿈치는 절대 좋아지지 않아요. 약물과 재활은 통증을 멎게 해주는 거지, 상처를 치료하는 것은 아닙니다. 그래서 기왕 이렇게 된 거 수술하는 것이 좋다는 겁니다."

"알겠습니다. 의사 선생님 말씀을 확실하게 믿겠습니더."

"걱정하지 마세요. 최선을 다하겠습니다."

그렇게 의사 선생과의 면담이 끝나고 구현진은 바로 입원했다.

다음날 구현진이 입원한 병원으로 감독과 주장, 중학교부터 배터리였던 장만호, 이순정이 찾아왔다.

"아, 오셨습니꺼."

아버지가 감독을 반갑게 맞이했다.

"네, 아버님."

감독은 아버지께 인사를 한 후 구현진에게 다가갔다.

"고생이 많다."

"고생은요. 괜찮아요."

"수술 별거 없다. 그냥 한숨 푹 자고 일어나면 끝나 있을 거야."

"네, 감사합니다."

구현진은 예전에는 감독이 얄미웠다. 이렇듯 다정다감한 사람인 줄도 몰랐다. 팔꿈치가 너무 아파 쉬고 싶었는데 감독은 곧바로 경기에 투입했다. 구현진은 팀의 기둥이었고 결과를 내야 프로에 갈 수 있기 때문이었다.

그도 그럴 것이 감독이 괜찮냐고 물어보면 구현진은 항상 '네'라고 대답했다. 감독은 그걸 믿고 구현진을 투입했다. 하지만 이런저런 것을 따지고 보니 감독에게 미안해졌다.

"감독님, 죄송합니다."

"네가 왜 죄송해? 신경 쓰지 마. 몸 건강히 와서 다시 던지면 되지. 1년 정도 재활해야 하지?"

"네."

"어쩔 수 없지. 경우에 따라서 더 길어질 수 있다고 하니까 준비 잘하고! 하긴 너는 워낙에 건강하니까, 금방 좋아질 거다."

"감사합니다, 감독님."

"그래."

감독이 고개를 끄덕이며 구현진의 머리를 쓰다듬었다. 그 모습을 지켜보던 아버지가 조심스럽게 말했다.

"감독님, 밖에 나가서 저랑 얘기 좀 하시지예."

"아, 네."

아버지와 감독이 병실을 나갔다. 그제야 병실에는 주장과 장만호, 여자 매니저 이렇게 셋이 남았다. 주장은 병실을 둘러보며 말했다.

"너 2인실 쓰나?"

"네, 아버지 아시는 분이 계셔서요."

구현진은 아버지가 아들을 위해서는 돈을 아끼지 않는 말을 차마 하지 못했다.

"그래? 느거 아부지 인맥 좋으시다."

"네. 뭐 그렇죠."

"아무튼, 감독님께서도 말씀하셨지만, 걱정하지 말고 수술 잘 받아라."

"네."

그것으로 주장과의 대화는 끝이었다.

주장과 만난 지는 고작 1년밖에 되지 않았다. 3학년이 1학년을 상대할 일도 많지 않았다. 그러다 보니 서로 서먹서먹했다. 그렇게 잠깐의 시간이 흐른 후 구현진은 한 가지 사실을 떠올렸다.

"아, 선배님! 프로 지명 받았다면서요?"

"어, 그리 됐다!"

주장이 씨익 웃었다.

"내일모레 팀에 합류하기로 했다. 그래서 기숙사에 들어가야 하는 것도 있고, 겸사겸사 네 얼굴이나 보러 봤다."

"어디서 지명 받았어요?"

"트윈스!"

"오오, 축하드려요."

"고맙다."

구현진은 주장이 트윈스에서 활약하는 장면을 떠올렸다. 트윈스에 가서도 잘했던 것이 기억났다. 물론 주전으로 뛰지는 못했지만 워낙에 성실해서 백업선수로 나와 종종 팀에 도움을 주었다.

"네, 힘내세요. 선배님은 잘하실 겁니다."

"그래."

그렇게 또다시 침묵이 흘렀다. 약간 뻘쭘하게 있던 주장이 헛기침했다.

"어험, 너희들 목 안 마르냐?"

"냉장고 안에 시원한 거 있어요. 꺼내 드세요."

"아니, 내가 빈손으로 와서……. 기다려 봐, 뭐 좀 사 올게."

"에이, 안 그러서도 돼요."

"야, 선배 무시하나!"

"무, 무시라니요. 절대 아닙니다."

"걱정하지 마라. 이 선배가 이번에 계약금 두둑하게 받았거든. 기다려!"

주장은 그 말을 남기곤 병실에서 나갔다.

주장이 나가고 침묵을 지키고 있던 구현진의 친구 장만호가 긴 숨을 토해냈다.

"후우! 숨 막혀 죽는 줄 알았네."

그러자 옆에 있던 여자 매니저 이순정도 동조했다.

"맞제! 맞제! 나도 답답해 죽는 줄 알았다."

구현진이 두 사람을 바라보며 물었다.

"그런데 너희는 왜 왔냐?"

이순정이 입술을 삐죽거렸다.

"야, 니는 어쩜 그렇게 서운하게 말하나. 보고 싶어서 안 왔나."

이순정은 애교가 철철 넘쳤다. 그 모습을 못마땅하게 본 장만호가 혀를 찼다.

"야, 가스나야. 뭐 하는 짓이고! 누가 그딴 식으로 애교 부리라 했노."

"내가 뭐? 우쨌는데?"

"니 하는 짓이 꼴사납잖아!"

"꼴사납다고? 니 말 다 했나?"

"다 했다! 우짤래?"

구현진은 두 사람의 티격태격하는 모습을 보고 피식 웃었다. 사실 두 사람은 나중에 부부가 되었다. 물론 구현진 때문에 생긴 약간의 오해로 인해 한참 시간이 지나서였다.

어쨌든 두 사람은 돌고 돌아 만나게 되었다. 그 사실을 알고 있는 구현진은 지금 싸우는 모습을 보니 웃음밖에 나오지 않았다.

'싸우다 정든다고 하더니 그 말이 맞나 보네.'

사실 이 세 사람은 삼각관계였다. 먼저 이순정이 구현진을 좋아했다. 하지만 구현진은 프로에 가야 한다며 이순정을 찼다. 그걸 위로해 준 것이 바로 장만호였다.

그 일을 계기로 두 사람은 급격히 가까워져 결혼까지 하게 된 것이었다. 그리고 결혼식장에서 장만호가 했던 말이 떠올랐다.

"네 덕분에 좋은 여자 만나 결혼한다."

그 한마디를 듣고 어색했었던 기억이 났다.

'차라리 잘됐다. 지금부터라도 아예 엮이지 말아야지.'

구현진은 아직도 티격태격하는 두 사람을 보고 한마디 했다.

"야, 둘이 그렇게 앉아 있으니 잘 어울린다!"

그러자 이순정이 펄쩍 뛰었다.

"무슨 그런 험한 말을 하고 그래. 야, 장만호! 너 떨어져! 가까이 붙지 마!"

"야, 나도 떨어지려고 했거든. 누군 좋아서 붙어 있는 줄 아나."

그러면서 슬쩍 구현진에게 물었다.

"잘 어울리긴 하냐?"

"그럼! 순정이 너도 만호랑 잘해봐."

"너 자꾸 그러면 화낸다."

"야, 만호 같은 남자가 어디 있냐? 듬직하고, 얼굴은…… 뭐, 이 정도면 충분하고. 야구도 잘해."

"야구를 잘하긴 뭘 잘해? 한 번도 경기에 나가지 못했는데."

"나도 경기에 못 나갔어."

"그래도 넌, 중간중간 나가기는 했잖아."

"선발로 한 번도 못 뛰었는데……."

"그런데 있잖아. 우리 언니가 그러던데, 넌 되게 잘될 거래."

"잉? 뭔 소리야?"

이순정의 뜬금없는 말에 구현진이 눈을 크게 떴다.

"있잖아, 너 수술하면 보살펴 주는 사람도 없잖아. 그러니까 내가 날마다 와서 간호해 줄게."

"너 안 바쁘냐?"

"괜찮아. 어차피 나 대학 포기했어."

이순정은 정말 해맑은 미소로 답했다. 구현진은 깊은 한숨을 내쉬었다.

"하아, 너 뭐가 되려고 그래?"

"나? 야구 선수 마누라!"

"잘됐네! 장만호에게 시집가면 되겠다."

"뭐어? 너 미쳤냐!"

가만히 있던 장만호가 기침했다.

"쿨럭! 쿨럭! 뭐, 뭔 소리야……."

"뭔 소리긴, 순정이가 너 마누라 된대."

"야! 내가 언제!"

"너 아까 그랬잖아! 야구 선수 마누라 된다고."

"그래, 그랬지. 그런데 만호 마누라 된다는 소리는 안 했거든!"

"만호도 야구 선수야!"

"쟤가?"

이순정은 장만호를 위아래로 훑어 내리며 콧방귀를 뀌었다.

"말도 안 돼!"

"야! 이순정! 말 되거든!"

장만호가 발끈했다. 구현진이 장만호를 보며 물었다.

"야, 장만호! 넌 프로 갈 거 아니야?"

"가야지?"

"그럼 야구 선수잖아! 맞지?"

"맞지?"

"이순정! 넌 야구 선수 마누라 될 거라며!"

"그, 그래……."

"그런데 뭐가 문제야?"

구현진의 논리적인 언변에 두 사람은 서로를 바라보며 할 말을 잃었다. 그러다가 이순정이 구현진을 바라보았다.

"어쨌든 난 장만호에게 시집 안 가!"

"나도 됐거든!"

두 사람은 콧방귀를 끼며 고개를 휙 돌려 버렸다. 그 두 사람의 모습을 보고 구현진은 그저 웃음만 나왔다. 그러기를 잠깐 이순정이 중얼거리며 문 쪽을 보았다.

"그보다 아버님은 왜 안 들어오시지?"

"아, 아버지?"

순간 구현진이 당황했다. 아버지는 이순정을 정말 좋아했다. 이순정이 눈웃음을 치며 '아버님, 아버님.' 하며 애교를 부리면 아버지는 그냥 헤벌레하며 좋아하셨다.

'이대로 있으면 곤란하겠는데…….'

구현진이 장만호를 힐끔 째려보고는 이순정을 불렀다.

"수, 순정아."

"왜?"

"내 얘기 좀 들어봐!"

"뭔데?"

"우리나라에 투수가 얼마나 많은지 알지?"

"알지!"

"그럼 투수 중에 성공하는 사람이 몇 명이나 될 것 같아?"

"글쎄?"

"거의 없어! 거의! 고등학교 한 해에 최고 선수가 된다고 해도 프로에 가면 그런 선수들이 넘쳐나. 그래서 투수는 힘들어. 하지만 지금 우리나라는 포수가 기근 시대야."

"포수가 그렇게 부족해?"

"그럼! 포수 자체도 없지만, 포수 자원이 턱없이 부족해! 너도 알다시피 야구 좀 한다 싶으면 4번 타자나, 투수 하고 싶지, 누가 힘든 포수를 하려고 하겠어. 그런 면에서는 만호가 참 대단한 거야."

구현진의 말을 들은 장만호가 미간을 살짝 찌푸렸다. 왠지 자기가 야구를 못한다는 소리로 들렸다. 하지만 구현진은 아랑곳하지 않고 계속해서 말을 이어갔다.

"우리나라 포수가 돈 얼마나 많이 버는지 모르지?"

"투수가 많이 버는 거 아니야?"

"바보야, 잘 찾아봐. 그래! 자이언츠의 강문호 선배! 이번에

FA로 대박 터뜨렸잖아. 4년에 75억이던가? 그리고 베어스에 양이지 선배도 80에서 90억 정도 받을 예정이래."

"진짜? 그렇게 많이 받아?"

"그래. 지금이라도 늦지 않았으니까, 만호한테 잘해! 우리나라 최고의 포수가 되어서 100억 벌고 200억 벌면 어떻게 할래?"

"어…… 얘가 그렇게 될까?"

이순정이 살짝 믿지 못하겠다는 표정을 지었다. 그러자 장만호가 발끈했다.

"그럼! 난 될 수 있어. 순정이 지금부터라도 나에게 잘해라!"

"웃겨!"

그러면서 지들끼리 꽁냥꽁냥거렸다. 그 모습을 본 구현진이 희미한 미소를 지었다.

'자식, 잘되길 진짜 빈다!'

구현진은 장문호를 바라보며 속으로 외쳤다. 사실 장만호는 오랜 베프(베스트 프렌드)였다. 그런데 유일하게 마음에 걸렸던 것이 결혼 후 자주 보지 못했다는 것이었다.

이제는 그런 마음을 털어내고 싶었다. 과거처럼 못난 모습으로 있고 싶지도 않았다. 자주자주 얼굴 보며 두 사람이 알콩달콩하게 사는 모습을 보고 싶었다.

구현진의 시선이 두 사람에게 향했다. 아무래도 조금 전 구현진의 어필 때문일까? 장만호를 바라보는 눈빛이 많이 온순해져 있었다. 그런 두 사람을 보며 구현진은 진심으로 응원했다. 그때 장만호가 자리에서 일어났다.

"벌써 시간이 이렇게 되었네? 순정아, 빨리 가자. 기차 시간 늦겠다."

"벌써? 알았어."

이순정도 자리에서 일어났다.

"현진아, 빨리 나아야 해."

"그래, 알았어."

이순정은 아쉬움 가득한 눈빛으로 손을 흔들었다. 장만호가 병실을 나서기 전 몸을 돌렸다.

"빨리 나아! 3학년 때는 돌아오는 거지?"

"아마 그렇겠지?"

"빨리 와! 나 기다리고 있을 테니까."

장만호는 든든한 한마디를 남기고 병실을 나갔다. 그런 장만호를 보며 구현진은 씨익 웃었다.

2.

"마침 시작하겠습니다."

마취 의사의 말이 들려왔다. 구현진은 잔뜩 긴장한 얼굴로 고개를 끄덕였다.

"열, 아홉, 여덟, 일곱, 여섯……."

구현진을 숫자를 세는 마취 의사를 보았다.

'에이, 누가 그걸로…….'

하지만 얼마 지나지 않아 구현진의 눈이 감기며 깊은 잠에 빠져들었다.

"…… 둘, 하나. 마취되었습니다."

잠깐의 시간이 지난 후. 병실에서 눈을 뜬 구현진은 옆에 아버지가 계신 것을 확인했다.

"아, 버지……."

"현진아, 깼냐?"

구현진은 아직 몽롱한 상태로 말했다.

"수술 끝났어요?"

"그래! 수술은 잘되었다고 하는구나."

"다행이네요."

구현진은 왼 팔꿈치에 부목을 댄 것을 확인했다.

"그래, 이제부터 시작이야. 잘 참아낼 수 있지?"

"참아내야죠."

구현진이 아버지를 보며 고개를 끄덕였다. 아버지 역시 조용히 아들의 머리를 쓰다듬으며 위로해 주었다. 사실 토미 존 서저리 수술 자체는 1~2시간 내외로 끝날 정도로 간단했다.

하지만 진짜는 그다음이었다. 수술 후 열흘간은 팔에 부목을 댄 채 움직이지 않아야 했다. 그리고 부목을 제거한 후에는 보조기를 착용한 뒤 30도가량 구부리고 100도가량 펴는 운동을 해야 했다. 이런 식으로 운동량을 서서히 늘려가는 것이 중요했다.

무엇보다 수술 후 가장 중요한 것은 재활이었다. 재활훈련은 약 1년 이상(약 12개월~18개월 정도)이 소요된다고 했다. 너무 길다 보니 선수들이 견디기 힘들어했다.

수술이 도입된 초창기에는 성공률이 5%에 불과할 정도로 암울했다. 하지만 40여 년이 지난 지금에 들어서는 기술이 발달했고, 의사들의 경험도 많아져서 실패할 가능성이 거의 없었다.

LA 조브 클리닉이 2014년 기준 수술 완치 가능성은 95% 이상이라고 했기에 거의 다 완치가 된다고 봐야 했다. 하지만 이 재활을 잘못해서 실패하는 환자가 많았다.

예를 들어 재활을 게을리해서 예전만 못하게 된다든가, 재활 시간을 줄이고 서둘러 복귀한다든가. 후자의 경우에는 진짜로 선수 생명이 끝나버리기도 했다.

그래서 토미 존 서저리 수술을 받은 선수들은 그것을 끈기와 인내의 싸움이라고들 한다.

구현진도 인내, 인내, 인내를 되뇌며 재활에 힘썼다. 그렇게 겨울이 지나고 다시 봄이 찾아왔다. 구현진과 아버지는 담당 의사를 만났다.

"선생님, 어떻습니까?"

아버지가 잔뜩 긴장한 얼굴로 물었다. 구현진도 긴장되기는 마찬가지였다. 담당 의사가 구현진의 팔꿈치 상태를 확인하더니 미소를 지었다.

"이제 조금씩 운동해도 되겠네요."

드디어 의사 선생님으로부터 운동해도 된다는 허락이 떨어졌다. 하지만 아버지는 확신을 얻기 위해 두 군데의 병원 더 다니며 확인했다. 그곳에서도 운동해도 좋다는 확답을 듣고서야 굳어져 있던 얼굴이 풀어졌다.

"니 우짤래?"

"뭘 어떻게 해요? 당연히 운동해야죠."

구현진이 씨익 웃었다. 그 모습을 본 아버지도 웃었다.

"와? 그리 좋나?"

"당연히 좋죠. 이제 공 던질 수 있는데요."

"무리하면 안 돼! 이제 또 다치면……. 아버지 인자 돈 읎다!"

"후후, 알아요. 이제 돈 쓰실 일 없어요. 걱정하지 마요. 제가 꼭 성공해서 아버지 호강시켜 드릴게요."

"됐다, 마! 치아라!"

아버지는 괜찮다고 하면서도 입가에는 미소가 스르륵 번졌다. 그러다가 문득 떠오른 것이 있는지 물었다.

"현진아."

"네, 아버지."

"니는 여자 친구 없나?"

"왜요?"

"아니, 그 만호같이 덜떨어진 아도 순정인지 뭔지 예쁘장한 애기를 델꼬 다니더만. 너는 여자 친구도 없이 뭐 했냐?"

그 말을 들은 구현진이 울컥했다. '아버지, 사실은 순정이를 내가 양보한 거라고요.'라는 말이 목구멍까지 올라왔지만, 꾹 참았다.

"병원에 입원해 있는데 무슨 여자 친구예요."

"그래도 젊은 놈이 여자 친구 하나 없이……."

"그럼 여기 있는 간호사 한 명 꼬실까요?"

"간호사? 아빠는 간호사도 좋다!"

"아, 됐어요!"

그렇지 않아도 건장한 체격에 귀엽게 생긴 구현진에게 몇몇 간호 실습생이 추파를 던지기도 했다. 그럴 때마다 애써 외면했지만, 남자다 보니 마음이 싱숭생숭해졌다.

그렇다고 기적처럼 과거로 돌아왔는데 기껏 토미 존 서저리를 받아놓고, 재활도 하기 전에 연애를 한다는 것은 웃긴 일이었다.

'지금은 야구에 몰두하자!'

구현진은 다시 한번 마음을 다잡았다.

3.

구현진은 학교로 돌아가 곧바로 감독님을 만났다. 감독은 구현진을 반갑게 맞이했다.

"어서 와라! 수술 잘 되었다면서!"

"네, 감독님."

"재활 준비도 하고 있고?"

"네."

"공은 언제부터 던질 수 있지?"

"슬슬 준비하고는 있습니다."

"조바심내지 말고, 서두르지도 말고. 그 점을 항상 염두에 둬."

"네, 감독님."

"그보다 언제쯤 돌아올 수 있을까?"

"재활해 보고, 몸도 만들어 봐야겠지만 늦어도 내년까지는 어떻게든 돌아오겠습니다."

"그래. 무리하지 말고 천천히 돌아와. 너 말고도 투수는 많으니까."

감독은 일부러 구현진에게 부담을 주지 않으려고 거짓말을 했다. 하지만 구현진은 학교 사정을 알고 있었다.

2학년, 올해 에이스로 활약하고 있는 조정훈은 제구가 잡히지 않아 무척 힘들어하고 있었다. 평균자책점도 5점대였다. 그런데도 팀의 에이스였다. 오죽했으면 마무리 투수인 김창식을 선발로 내세울 정도였다.

하지만 김창식도 체력적인 문제가 있었다. 3회 초만 지나면 급격한 체력 저하가 발생해 타자들에게 얻어맞기 일쑤였다.

이렇듯 두 투수는 체력 저하에 제구력까지 좋지 않은 상황인데 내년 선발까지 망한 상태였다. 설상가상 신입생 선발 자원이 씨가 마르면서 내년 시즌 마운드 운영도 암울하기만 했다.

그나마 우완 송일섭을 근근이 패전 조에서 키우고 있지만 배짱이 없었다. 에이스로 키우려고 하지만 힘든 상황이었다.

이런 야구부 상황을 장만호가 문병 와서 하나하나 다 설명해 주었다. 그래서 구현진은 야구부가 돌아가는 상황을 대충은 알고 있었다.

'감독님, 최대한 빨리 돌아올게요. 조금만 더 기다려 주세요.'

구현진이 속으로 다짐했다.

"훈련은 어떻게 진행할 거지? 학교에 와서 같이할래?"

"그렇지 않아도 그것 때문에 감독님께 드릴 말씀이 있어요."

"말해."

"아무래도 따로 해야 할 것 같아요."

"그래? 코치는 구했고?"

"아버지께서 구해주신다고 했어요."

"그렇게 해라. 솔직히 지금 야구부 분위기가 어수선한데 너에게 신경 쓸 여력이 없다. 너 스스로 코치를 구해서 한다면 나도 환영한다. 그러니 그 부분에 대해서는 너도 이해해 줬으면 좋겠다."

"네, 알겠습니다."

구현진이 감독에게 인사를 하고 나왔다. 밖에는 장만호가 기다리고 있었다.

"왜 이렇게 일찍 나와?"

"뭐, 길게 얘기할 것도 없었어. 그보다 순정이는?"

구현진의 물음에 장만호의 표정이 살짝 굳어졌다.

"야, 말도 마라."

"왜? 무슨 일 있어?"

"요즘 그 가스나 때문에 죽겠다."

"왜?"

"한시도 떨어지지 않으려 해서 미치겠다. 오늘도 간신히 떼

어놓고 왔잖아."

"야, 좋을 때다."

"좋긴……."

"그러지 말고 같이 데려오지 그랬어!"

"야, 오늘 우리 야구장 가기로 했잖아."

"그래서? 순정이도 야구 좋아하잖아."

"순정이 갸는 다이노스야! 다이노스!"

"아, 그래?"

"솔직히 다이노스가 말이 돼? 부산 사람이? 한 번 자이언츠 면 영원한 자이언츠지! 그렇게 쉽게 갈아타고 그러면 안 되는 거 아니냐! 안 그래?"

"어, 어. 그래……."

구현진은 말을 하면서도 장만호의 눈을 똑바로 바라보지 못 했다. 사실 구현진은 장만호에게 차마 하지 못한 말이 있었다.

'미안, 만호야. 나 사실 이글스 팬이야. 자이언츠보다 이글스 가 더 좋아.'

그나마 다행인 건 오늘 경기가 자이언츠 대 다이노스라는 것이었다. 경기장에 들어서자마자 장만호는 흥분되는지 얼굴 이 상기되어 있었다.

"야! 얼마 만에 오는 야구장이냐!"

"후후, 그래. 참 오랜만이지."

구현진도 야구장에 와서 기분이 좋았다.

"현진아, 우리 좌석이 어디지?"

"좌석? 잠시만⋯⋯."

구현진이 티켓을 꺼내 확인했다. 그런데 장만호가 그새를 못 참고 툭툭 건드렸다.

"야, 현진아⋯⋯. 야!"

"잠깐만, 확인하고 있잖아!"

"아니, 그게 아니고. 저기 좀 봐라."

"뭘 봐?"

구현진이 고개를 들어 확인했다.

"누굴 보라고?"

"저기 말이야, 저기! 저 뒷모습 어딘지 모르게 낯설지가 않다!"

장만호는 말을 하면서도 동공이 심하게 흔들리고 있었다.

"글쎄? 나는 잘 모르겠는데."

"잘 좀 봐라. 딱 보면 순정이 같지 않냐?"

"순정이?"

"그래!"

"에이, 순정이가 여기 왜?"

"몰라, 난 자꾸만 불안타!"

"걱정하지 마, 절대 순정이 아닐 거야."

구현진이 확실히 아니라고 말하며 다시 티켓을 확인했다. 그때 장만호가 욕을 내뱉었다.

"씨팔! 맞네."

"뭐?"

"순정이 맞다고!"

"진짜?"

구현진이 다시 확인해 보았다. 역시 고개를 이쪽으로 돌린 이순정이 떡 하니 서 있었다. 이순정 역시 구현진과 장만호를 발견하고 눈을 흘기며 다가왔다.

"니 먼데?"

"내가 와? 내가 니 야구장 가는 거 모르는 줄 알았나!"

"아니, 그게 아니라 니 뭐냐고!"

장만호는 황당하다 못해 어이가 없었다.

하지만 이순정은 해맑게 웃었다.

"와, 내가 오니 그리 좋나? 예쁘제?"

이순정은 다이노스 유니폼을 입고 이리저리 자랑했다.

"와, 니 미쳤나? 얼른 안 벗나?"

"와?"

"니 뒤질라고 환장했제? 남들한테 줘 터지기 전에 벗어라!"

"어데! 나같이 예쁜 애를 때린다고? 말도 안 돼!"

"환장하겠네!"

장만호는 이마에 손을 짚으며 난감해했다. 그러자 이순정이 장만호의 옷을 잡고 투덜거렸다.

"그럼 니는 자이언츠 옷 입고 있잖아!"

"야, 당연히 여긴 자이언츠 홈구장 아이가."

"와, 어이없어! 그럼 난 현진이 옆에 있을게. 넌 너대로! 난 나대로! 이제부터 전쟁이야!"

이순정이 눈에 불을 켜며 소리쳤다.

"오야! 알았다! 그래 함 해보자!"

그렇게 구현진은 장만호와 이순정 사이에 턱 하니 앉았다. 그때부터 두 사람의 살벌한 전쟁이 벌어졌다. 장만호는 자이언츠 응원가를 따라 부르면서 안타를 칠 때마다 자리에서 벌떡 일어나 자이언츠를 소리 높여 외쳤다.

"오오오오오! 자이언츠! 자이언츠!"

그리고 다이노스가 안타를 치면 이순정 혼자 다이노스를 연호했다. 급기야 자리에서 일어나 폴짝폴짝 뛰기까지 했다. 그러자 뒤에 있던 사람이 한 소리 했다.

"이보세요! 안 보이잖아요! 좀 앉아요!"

"맞아, 적당히 하소! 적당히!"

주위 사람들의 눈초리를 받고 있지만 이순정은 아랑곳하지 않았다.

그러자 구현진이 조심스럽게 말했다.

"순정아."

"와?"

"조용히 응원하면 안 될까? 여기 자이언츠 응원석이다. 지금 주위 사람들 눈치가 안 좋다."

"그럼 만호보고 응원 그만하라고 해라. 그럼 나도 조용히 지켜볼게!"

이순정도 물러설 기미가 보이지 않았다. 그사이 자이언츠가 역전하자 장만호가 환호성을 질렀다. 그리고 또다시 다이노스가 동점을 만들자 이순정이 환호했다. 두 사람 사이에 끼인 구현진은 경기에 집중할 수가 없었다.

"야! 나 화장실 다녀올게!"

구현진이 두 사람에게 말했지만, 귀에는 들리지 않는 모양이었다. 구현진을 어쩔 수 없다는 듯 고개를 흔들고는 화장실로 갔다.

볼일을 보고 화장실을 나온 구현진은 다시 자리로 갔는데 뭔 짓을 했는지 둘이 꼭 붙어 앉아서 야구를 보고 있었다.

"후, 저 사이에 내가 낄 수는 없지."

구현진은 자리로 돌아가지 않고, 난간에 서서 야구를 지켜보았다.

"이야, 사직구장 좋아."

역시 부산 하면 자이언츠였다. 부산 사람들 삶에 야구를 빼면 말이 안 되었다.

외야석과 1루 측, 3루 측을 쭉 훑어보았다. 머리에 주황색 봉지를 쓰고 남녀노소 할 것 없이 열띤 응원을 펼치는 모습이 눈에 들어왔다.

신문지도 응원 도구로 활용했다. 치어리더의 힘찬 동작과 마이크를 든 응원단장의 구호가 사직구장을 가득 채웠다.

그리고 1루 견제를 할 때마다 들려오는 '마!' 소리는 투수가 움츠러들 만큼 위협적이었다. 구현진은 이런 모습들을 보며 옛 추억에 잠겼다.

"하긴 나도 과거에 잘했으면 이렇게 팬들에게 환호도 받고 그랬을 텐데……."

과거 첫 프로 데뷔전의 4월 한 달간은 진짜 잘 던졌다.

하지만 구현진은 그때가 문제였다고 생각했다. 주위 사람들이 잘한다, 잘한다 했을 때 페이스를 조절하며 적당히 던졌어야 했다. 그랬으면 좀 더 길게 갔을지도 몰랐다.

"그래도 이젠 뭐, 어깨 아플 일은 없지!"

구현진은 가볍게 어깨를 돌렸다. 통증이 조금도 느껴지지 않았다. 그러면서 심장이 쿵쾅쿵쾅 뛰기 시작했다.

그때 자이언츠 투수가 다이노스 타자를 삼진으로 잡았다. 사직구장에 또 한 번 큰 환호성이 울렸다. 그 소리가 구현진의 심장을 강타했다. 구현진의 손이 가슴을 움켜쥐었다.

"젠장, 나도 빨리 공 던지고 싶다!"

그렇게 중얼거리고는 몸을 돌렸다.

"안 되겠다."

구현진은 그 한마디를 하고 경기장을 빠져나와 곧장 집으로 향했다. 집에 도착하자 아버지가 라면을 드시고 계셨다.

"뭐꼬? 니 야구장 간다며."

"아버지!"

"와? 한 입 줄까?"

"아니요. 저 야구 하고 싶어요!"

구현진의 말에 아버지가 젓가락을 내려놓으며 씨익 웃었다.

"하면 되지! 해라! 누가 말리나!"

3장 ·

재활의 끝에서
유현진을 만나다

I.

"하아, 하아, 하아!"

구현진이 거친 숨을 몰아쉬었다. 이마에 땀이 송골송골 맺혔다.

"조금만 쉬었다가 해요."

구현진이 벤치에 털썩 앉았다. 바로 옆에 있던 수건으로 땀을 닦았다. 그런 구현진을 보고 재활코치가 말했다.

"힘드니?"

"후우. 아뇨, 할 만해요."

"조금만 참아. 거의 다 왔어."

"네."

구현진은 땀을 닦은 후 수건을 옆에 내려놓았다. 코치는 손에 들린 태블릿을 들여다봤다. 손가락을 몇 번 획획 하더니 고개를 끄덕였다.

"오늘은 여기까지 하자."

"더 해도 되는데요."

"너무 무리하는 것도 안 좋아. 천천히 느긋하게 조금씩 강도를 올리자고. 알았지?"

"네, 코치님."

"좋아. 주말 이틀은 푹 쉬고 월요일에 보자."

"네. 수고하셨어요."

"그래!"

재활코치가 가고 구현진은 의자에 앉은 채 축 늘어졌다.

"하아, 오늘도 힘들었네."

재활 전문 코치 홍윤덕을 만나 재활을 한 지 3개월째에 접어들었다. 구현진의 재활 과정은 총 4단계로 이루어져 있었다. 수술 부위를 유연하게 만드는 안정기가 3개월. 근력을 키우고 신체 기능을 향상시키는 기간이 또 3개월.

이렇게 6개월의 기본 재활을 끝마쳐야 공을 손에 쥐는 게 가능했다. 이후 2~3개월 정도 적응 훈련을 마친 뒤에야 실질적인 투구가 가능했다.

현재 구현진은 실전 투구를 앞두고 있었다. 숏 토스며 롱 토

네 멋대로 던져라 1

스는 그런대로 잘되고 있었다. 문제는 마운드 적응 및 투구 강도 올리기였다.

아직 밸런스가 잡히지 않아 고생하고 있는 상태였다. 구현진은 자신의 왼팔을 바라보았다. 수술 자국이 선명하게 눈에 들어왔다.

"진짜 많이 힘들다."

구현진이 혼잣말을 중얼거렸다. 사실 의사가 처음 '팔꿈치가 괜찮아졌다.'라고 했을 때 곧바로 공을 던질 수 있을 줄 알았다.

하지만 재활코치는 공을 던지기 위해서는 단계가 있다고 했다. 우선 근력과 전신의 기능을 회복한 후 가벼운 던지기를 했다. 그다음 상태를 봐 가면서 마운드에서 공을 던질 준비를 했는데 생각처럼 몸이 움직여 주질 않았다.

팔에서 느껴지는 감각이 너무 낯설었다. 완전히 내 팔이 아닌 것 같았다. 재활코치의 말로는 아직 감각이 돌아오지 않아서 그런 것이라고 했다.

하지만 구현진은 공을 던질 때마다 불안하고, 혹여 수술 부위가 잘못된 것은 아닌지 조마조마하였다.

과거에도 토미 존 서저리를 받긴 했지만, 그때와는 기분이 사뭇 달랐다. 그땐 6시까지 요양원에서 공익 근무 요원으로 일하느라 재활을 할 시간 자체가 부족했다. 몸이 피곤하니 재활이 제대로 되지도 않았다.

하지만 막상 재활에 집중할 수 있는 환경이 만들어지자 막막함이 밀려들었다. 날마다 정해진 재활 스케줄을 소화한다는 게 말처럼 쉽지 않았다. 게다가 너무 지루했다.

그런데도 조바심이 났다. 과거처럼 재활이 잘못되면 어쩌나 겁이 났다. 그럴 때마다 홍윤덕 재활코치는 '잘하고 있어. 그래, 그렇게만 해. 조금만 참자.' 이런 말로 위로해 주었다. 하지만 마음 한구석은 항상 불안하기만 했다.

"괜찮아! 구현진! 잘하고 있어. 이대로만 가자, 이대로만……."

구현진이 습관처럼 중얼거릴 때 따르릉 하고 핸드폰이 울렸다.

"누구지?"

핸드폰 액정화면을 살펴보니 감독님에게서 온 전화였다. 구현진은 곧바로 전화를 받았다.

"여보세요."

-현진아, 감독이다.

"네, 감독님. 잘 지내시죠?"

-나야, 항상 똑같지. 넌 어때? 재활은 잘하고 있어?

"네, 잘 진행되고 있어요."

-다행이네. 혹시 내일 바쁘냐?

"아뇨."

-그럼 학교에 올래?

"내일 토요일인데요?"

-알고 있다. 그래도 잠깐 얼굴이나 보자.

"아……."

-왜? 내일 약속 있냐?

"아뇨, 약속은 없어요."

-그럼 올 수 있니?

"알겠어요, 내일 찾아뵐게요."

-몇 시쯤 올래?

"한 시쯤 갈게요."

-알았다. 그때 보자!

"네, 감독님."

구현진이 전화를 끊고 고개를 갸웃했다.

"감독님이 무슨 일이지?"

구현진이 핸드폰을 매만지다가 눈을 크게 떴다.

"설마…… 벌써 내가 필요하신 건가?"

구현진이 중얼거리며 자리에서 일어났다. 가방을 챙겨서 터벅터벅 발걸음을 옮겼다. 그렇게 고단한 하루가 지나갔다.

다음 날.

구현진은 학교에 도착한 후 곧바로 장만호에게 전화를 걸었다.

"야, 너 어디냐?"

-나 데이트 중인데?

"좋겠다."

-넌 어디야?

"난 학교!"

-학교? 거긴 왜 갔어?

"몰라? 감독님이 잠깐 보자고 하시네."

-그래? 설마…… 너보고 빨리 오라고 하는 거 아니야?

"나도 그런 생각이 들긴 하는데……"

-야, 너 아직 베스트 컨디션이 아니잖아. 이제 조금씩 투구한다며.

"뭐, 그렇긴 한데……"

-현진아, 무리하지 마라. 어차피 전국 대회 다 끝나 가는데 굳이 나올 필요도 없어. 괜히 무리했다가 더 안 좋아지면 어쩌려고 그래?

"그래, 알았어. 고맙다."

구현진은 걱정해 주는 장만호가 고마웠다.

"알았어. 데이트 잘하고."

-그래, 감독님하고 얘기 끝나면 전화해.

"알았어."

구현진은 전화를 끊고 감독실로 향했다. 가는 도중 구현진은 스스로에게 다짐했다.

'만약 감독님이 내가 필요하다고 하면 정중히 거절해야지. 난 아직 준비되지 않았다고 말이야.'

감독실 앞에 도착한 구현진은 문을 가볍게 똑똑 두드렸다.

"들어오세요."

구현진은 안에서 들려온 낯선 목소리에 고개를 갸웃했다.

"감독님 목소리가 아닌데? 누구지?"

구현진이 문을 열고 안으로 들어갔다.

"감독님, 저 왔어요. 어?"

구현진이 그 자리에 우뚝 멈추었다. 낯선 사내도 구현진을 발견하고 자리에서 일어났다.

"혹시 네가 현진이니?"

"아, 예에. 안녕하세요, 선배님!"

구현진은 곧바로 고개를 숙이며 인사했다.

"네가 현진이구나, 반갑다. 나도 현진이야!"

"아, 예에. 알아요."

구현진이 씨익 웃으면서 앞에 선 사내를 바라보았다. 그곳에는 현 메이저리그 다저스의 유현진이 와 있었다. 구현진은 지금 자신의 눈으로 직접 보고도 믿기지 않았다.

"그런데 선배님께서 여기는 어떻게……"

"올스타 브레이크 기간이라 잠깐 들어왔어. 겸사겸사 감독님도 뵐 겸해서."

"저희 감독님을요?"

"몰랐어? 김명환 감독님이 나 초등학교 때 감독님이셨어!"

"아, 그래요?"

자칭 유현진의 팬이라던 구현진은 그 사실을 전혀 몰랐다. 선수들이 보통 감독 얘기를 하면 중학교, 고등학교 감독 얘기를 하지, 초등학교 감독 얘기는 하지 않았다.

"넌 초등학교 때 감독님이 누구셨어?"

유현진이 물었다.

"어, 그게……"

구현진은 이름이 가물가물했다. 구현진이 제대로 답을 하지 못하자 유현진이 한 소리 했다.

"야, 인마! 그러는 거 아냐. 너 처음 야구 시작했을 때 가르쳐 줬던 감독님 정도는 기억해야지!"

유현진의 핀잔에 구현진은 입을 굳게 다물었다. 그때 김명환 감독이 들어왔다.

"야! 너나 잘하세요, 너나! 만날 전화만 하지 말고! 6년 만에 얼굴 비쳐놓고는……"

"아, 감독님. 하필 이 타이밍에 들어와요."

"야, 내 사무실 내가 들어오는데 무슨……. 어, 왔냐."

김명환 감독이 구현진을 발견했다.

"네."

"놀랐지?"

"아, 네에……."

김명환 감독은 유현진을 가리키며 말했다.

"이 녀석이 오랜만에 나 보러 온다고 하기에 너에게 소개해주고 싶어서. 너 현진이 좋아하잖아! 안 좋아하나?"

"아니요! 좋아해요! 정말 좋아합니다."

구현진의 들뜬 모습에 김명환 감독은 피식 웃었다.

"어쨌든 얼굴 한번 보라고."

"네에."

구현진도 씨익 웃었다. 구현진은 이런 일로 자신을 부르리라고는 생각지도 못했다. 새삼 김명환 감독이 새롭게 보였다.

"얘기를 들어보니 너도 토미 존 수술 받았다며?"

"네."

구현진이 왼팔을 감쌌다. 유현진이 그 모습을 보며 물었다.

"재활은 잘하고 있냐?"

"재활코치 만나서 차근차근하고 있어요."

"힘들지?"

"힘들지는 않아요. 다만……."

"자식! 형도 해봐서 알아. 솔직히 지금 뭐가 뭔지 하나도 모르겠지?"

"네."

"막막할 거고?"

"네."

"내 팔인 듯, 내 팔 아닌…… 뭐 그런 느낌이지?"

"어? 어떻게 아셨어요?"

"말했잖아, 나도 수술받았다고. 정말 그때는 주변에서 뭐라고 하는지 하나도 들리지 않아. 그저 내가 다시 예전처럼 공을 제대로 던질 수 있을까 이런 생각만 들지."

"맞아요!"

"근데 형 봐라! 형 고등학교 때 수술하고 지금 잘되었잖아. 너도 형처럼 잘될 거라고 믿어. 아무것도 걱정하지 마."

유현진이 위로라고 해준 말은 재활코치가 수없이 들려줬던 말이었다. 그런데 막상 유현진에게 듣자 훨씬 더 위안이 되고 힘이 났다.

'나도 이대로 열심히 재활을 끝내면, 유현진 선배처럼 잘할 수 있겠지.'

구현진은 유현진을 바라보며 생각했다. 그러다 문득 떠오른 것이 있어 물었다.

"그런데 선배님이 부산에는 어쩐 일로……?"

"내가 아까 말했잖아. 감독님 보러 왔다고."

"아, 진짜였구나."

"왜? 농담인 줄 알았냐?"

"조금은요."

"어쨌든 감독님은 나에게 멘토 같은 분이야."

"멘토요?"

구현진이 놀랐다. 그러자 유현진이 별거 아니라는 듯 말했다.

"멘토라는 것이 내가 고민 있으면 잘 들어주시고, 위로해 주고, 가끔 조언도 해주고 내가 의지할 수 있는 사람. 그런 사람 말하는 거잖아. 감독님이 딱 그렇다고."

옆에서 가만히 듣고 있던 김명환 감독이 한 마디 했다.

"멘토? 야, 네가 날 언제 멘토로 생각했어? 만날 네 말만 하고 끊었잖아."

"그거야 제가 바빠서 그랬던 거고요."

"너 잘났다!"

그러자 유현진이 구현진 옆으로 와서 작게 말했다.

"감독님이 말은 저렇게 해도 은근 츤데레야."

"예, 저도 알아요."

그 말을 들은 김명환 감독이 구현진을 노려보았다.

"넌 뭘 안다고 그래! 그리고 츤데레가 뭐냐, 츤데레가. 어른

한테 말이야. 못된 놈들!"

김명환 감독이 자리에서 일어나 밖으로 나가려 했다. 그러자 유현진이 물었다.

"또 어디 가세요?"

"화장실 간다."

유현진이 그 모습을 보며 피식 웃었다.

"감독님은 항상 저래. 자기 칭찬하면 부끄러워서 못 견뎌해."

"그건 그렇죠."

구현진도 옆에서 동조했다.

"감독님은 늘 무뚝뚝하게 말씀을 하시는데 그게 다 이유가 있어."

"무슨 이유요?"

"옛날에 크게 한 번 데인 적이 있거든. 사람들한테 말이야. 감독님 옛날에 엄청 다정다감하셨다!"

"에이, 설마요."

"진짜야! 아무튼, 사람한테 덴 후로 마음 표현을 잘 안 하셔. 상처받고 싶지 않으시니까. 그래도 선수 위하는 마음은 끔찍해서. 이번에 감독님 뵈러 온다고 하니까, 너 보고 가라고 얼마나 성화였는지 알아?"

"네에? 정말요?"

"그렇다니까."

유현진의 말을 듣고 구현진은 김명환 감독이 새삼스럽게 느껴졌다.

"감독님이 기술적인 조언은 많이 못 해주셔도 심리적인 면에서는 많이 도와주실 거야. 너도 힘든 일 있으면 감독님하고 상의해. 인맥이 넓어서 이리저리 알고 지내시는 분도 많아."

"알겠습니다."

"그래."

잠깐의 침묵이 흐른 후 구현진이 물었다.

"그런데 선배님 메이저리그 생활은 어때요?"

그러자 유현진이 쓴웃음을 지었다.

"요즘 같아서는 나도 막막하다. 어쨌든 잘해야지."

유현진은 2013년과 2014년 2년간 14승씩을 올리며 화려하게 메이저리그에 데뷔했다.

그러나 2015년 초 어깨 수술을 받고 2년을 통째로 날려 버렸다.

2017년에 다시 선발진에 합류했지만, 구속이 예전만 못해 고전을 면치 못하고 있었다. 게다가 다저스에는 선발 자리를 두고 경쟁하는 투수들도 많아 확실히 자리를 잡지 못한 실정이었다.

그나마 유현진의 커리어로 꾸역꾸역 선발 로테이션에서 버티고 있지만, 내년 시즌 계약이 종료되는 시점에서 어떻게 될지 장담할 수 없었다.

유현진도 그 부분에 대해서 깊은 고민을 하고 있었다. 그래서 모처럼 한국에 온 김에 김명환 감독을 찾아온 것이었다.

그런데 이런 일을 시시콜콜 구현진에게 얘기하고 싶지는 않았다. 유현진도 나름대로 자존심이 있는 메이저리그 선수였다.

"그러는 너는 메이저리그에 올 수는 있겠나?"

"메이저리그요?"

"왜? 힘들겠나?"

"열심히 해야죠."

"못 온다는 소리는 안 하네."

"에이, 그래도 선배님하고 이름이 똑같은데, 선배님만큼은 해야죠."

"오오, 나만큼 하기 쉽지 않을 텐데. 형, 프로 시절 성적 모르냐?"

"알죠. 프로 리그를 씹어 드셨잖아요."

"오오, 표현 좋은데? 다시 말해봐."

"리그를 씹어 드셨다고……."

"그렇지! 아주 좋은 표현이야. 나 그런 말 되게 좋아해!"

"그러실 것 같았어요."

"사실, 리그를 평정한 다음에 메이저리그를 씹어 먹으려 했는데 말이야. 아쉽게도 치아가 좋지 않아서……."

"하하하!"

구현진이 크게 웃었다.

그 모습을 본 유현진도 미소를 지었다.

"이야, 너 나랑 코드가 맞구나."

"저도 형이 이렇게 재미있는 줄 몰랐어요."

그때 문이 열리며 감독이 들어왔다.

"뭐가 그리 재미있냐? 웃음소리가 밖에까지 들린다."

그러자 유현진이 말했다.

"별 얘기 없었어요. 그냥 감독님 흉봤죠!"

"못된 놈들!"

김명환 감독이 유현진 옆으로 와서 머리를 가볍게 한 대 툭 쳤다.

"괜히 쓸데없는 소리 하지 말고 온 김에 우리 현진이 공 좀 봐줘."

"네? 제가요?"

"그럼, 선배가 되어서 여기까지 왔는데, 어? 공도 받아주고 그래야지. 그것 가지고 그러냐?"

유현진이 살짝 거만한 자세를 취했다.

"감독님, 저 메이저리거예요."

"알아, 인마! 너 메이저리거인 거! 누가 뭐래?"

"저, 이러려고 부르셨어요?"

"선배 좋은 게 뭐냐?"

"저 이 학교 출신 아니에요!"

"너 내 제자잖아! 쟤도 내 제자잖아! 감독이 똑같으면 선후배 사이지. 선배가 되어서 말이야. 쩨쩨하게!"

"와, 감독님 억지 쩐다!"

가만히 듣고 있던 구현진이 나섰다.

"에이, 아니에요. 저 괜찮아요, 감독님! 현진 선배 바쁘시잖아요."

그러자 유현진 오히려 펄펄 뛰었다.

"네가 그러면 내가 뭐가 되냐? 에이 씨! 글러브 들고 따라 나와!"

"네?"

"맘 바뀌기 전에 빨리 나와라. 형 바쁜 사람이야."

"네, 알겠습니다."

구현진이 글러브를 챙겨 후다닥 뛰쳐나갔다. 그 모습을 김명환 감독이 흐뭇하게 바라보았다.

2.

"자, 일단 몸부터 풀자!"

"네."

유현진이 먼저 앞서서 러닝을 시작했다.

구현진이 그 뒤를 따랐다. 유현진의 뒷모습을 보니 감회가 새로웠다.

'와, 내가 진짜 유현진 선배와 러닝을 하고 있는 거야?'

가볍게 러닝을 마친 후 서로 마주 봤다.

"스트레칭 하자. 형 따라 해."

"네."

구현진이 유현진을 따라 스트레칭을 했다.

"원래 네 나이 때는 가볍게 풀면 되는데, 내 나이가 되면 스트레칭도 꼼꼼하게 해줘야 해."

"그야 형은 메이저리거시잖아요."

"그런 것도 있지만, 우리 같은 선수들은 자기 관리가 중요해. 그래야 롱런할 수 있거든. 실력이 아무리 좋으면 뭐 해, 자기 관리를 망쳐서 30살에 은퇴하는 선수가 수두룩해. 그리고 이런 걸 미리미리 하면 많은 도움이 될 거야."

"알겠어요."

구현진은 유현진을 따라 정말 열심히 몸을 풀었다. 어느 정도 워밍업이 된 후 유현진이 글러브를 손에 꼈다.

"이제 슬슬 공 좀 받아볼까?"

"네."

구현진과 유현진은 적당한 거리를 두고 공을 던지기 시작했다. 유현진은 구현진이 던지는 공을 받고 고개를 끄덕였다.

"오, 공 좋은데?"

"감사합니다."

구현진은 유현진에게 칭찬을 받으니 기분이 좋았다. 그렇게 롱 토스를 열 개 정도 주고받았다. 유현진이 불펜 쪽으로 걸어갔다.

"너 마운드에 서 봐라."

"어? 선배님, 저 아직…… 롱 토스 중인데요?"

"알아, 너 공 던지는 거 보니까 마운드에 서도 될 것 같은데."

"네? 벌써요?"

"야, 나도 다 해봤다니까. 그만큼 던졌으면 마운드에서 던져도 돼. 지금 근질근질하잖아."

"그건 그렇지만……."

"왜? 겁먹었냐? 그러다 팔꿈치 인대가 다시 끊어질까 봐?"

"아, 그런 건 아닌데요."

"야! 안 끊어져! 그런 거로 끊어질 인대였으면 수술도 안 했어. 걱정하지 말고 올라가!"

"네."

구현진이 마운드에 올랐다. 유현진은 글러브를 포수 미트로 바꾼 후 자리에 앉았다.

"가볍게 하나 던져봐."

"알겠어요."

구현진이 대답을 한 후 마운드에서 숨을 골랐다. 수술 후 처음으로 선 마운드였다. 긴장이 안 될 수가 없었다.

"후우, 후우……. 그래 연습 투구인데."

구현진이 진짜 가볍게 공 하나를 던졌다.

평!

공을 받은 유현진이 약간 의외라는 반응을 보였다.

"나쁘지 않은데……. 이게 다야?"

유현진이 그 한마디를 내뱉었다.

"네에?"

"이게 다냐고!"

"가볍게 던지라면서요."

"아무리 그래도 너무 가벼운데. 메이저리그 선배가 공을 받아주고 있는데 이런 공을 던지는 거야?"

"죄송합니다."

"죄송할 것은 없고, 그냥 겁먹지 말고 던져봐. 네가 어떤 공을 던지는지 알아야 하니까."

"아, 알겠습니다."

구현진은 자신의 왼 팔꿈치를 보았다. 아직 수술 자국이 선명하게 남아 있었다.

"그래, 안 끊어져! 절대 안 끊어질 거야. 안 끊어져⋯⋯."

구현진은 마치 주문이라도 외우는 것처럼 중얼거렸다. 그리고 심호흡했다.

'후우⋯⋯.'

구현진이 천천히 투구 동작을 취한 후 '하나, 둘, 셋!' 하며 공을 던졌다.

펑!

공은 제법 날카롭게 꽂혔다. 물론 구속은 제대로 나오지 않았지만, 공 끝이 야무졌다.

"어? 이 자식 제법인데?"

그 옆으로 김명환 감독이 다가왔다.

"어때?"

"제법인데요."

"그렇지? 공 괜찮지?"

"네. 재활하는 과정이라는 것을 감안하면 구속도 이 정도면 나쁘지 않은데요."

"현진아, 저 녀석 너보다 빨리 던져!"

그 말을 듣고 유현진이 발끈했다.

"감독님, 저도 강속구 투수였거든요."

"네가?"

"왜 그러세요. 한때 156㎞/h까지 던졌잖아요."

"야, 저 녀석은 작년에 150㎞/h 가까이 던졌어."

"그럼 제가 더 빠르잖아요."

"이제 고2야. 만약 전력투구로 제대로 던지면 얼마 나올지 누가 알아?"

"와, 감독님. 지금 쟤 편애하시는 거예요? 좋아요, 누구예요?"

"뭘?"

"어떤 현진이냐고요. 저예요. 저 녀석이에요?"

"나야 당연히 현진이지."

"그렇죠? 가만, 저 녀석도 현진이잖아요."

"그래. 그러니까, 나는 무조건 현진이라고."

"와, 감독님 진짜 편애 쩌신다."

"아무튼, 선배로서 잘 좀 이끌어줘 봐."

유현진이 씨익 웃었다.

"알아서 잘할 것 같은데요."

유현진이 구현진에게 공을 던져주었다. 공을 건네받은 구현진은 어깨를 몇 번 돌려봤다. 다행히 통증은 느껴지지 않았다. 그 모습을 본 유현진이 한마디 했다.

"야, 안 끊어져! 안 끊어져! 오버 좀 하지 마. 너 서울병원에서 수술했다며."

"네!"

"거기 수술 겁나 잘해! 나도 예전에 수술 거기서 했어."

"아, 정말요?"

"그 당시 수술 성공률이 70%밖에 안 됐어. 그래도 다 멀쩡해."

"아……."

구현진이 유현진의 말을 듣고 고개를 끄덕였다. 그 말을 들으니 또 위안이 되었다.

"걱정하지 말고 던져봐."

"네."

구현진은 어깨를 억지로 쓰지 않고 부드럽고 가볍게 공을 던졌다.

펑!

공이 미트에 박히는 소리가 경쾌했다. 유현진도 공 하나하나를 받을 때마다 고개를 끄덕여졌다. 공은 빠르지 않지만, 홈 플레이트에서 공의 움직임이 나쁘지는 않았다.

게다가 또 다른 장점은 수술해서 밸런스가 들쑥날쑥할 줄 알았는데 공을 놓는 릴리스 포인트가 일정했다.

"요놈 봐라, 괜찮은데."

유현진이 다시 공을 건네며 말했다.

"그런데 말이야. 지금 보니까, 투구폼이 나랑 비슷하다."

"예, 제가 현진 선배를 워낙에 좋아해서……."

구현진 부끄러운지 뒷머리를 긁적였다.

"자식, 마음에 드는데?"

유현진도 기분이 나쁘지는 않았다.

"너 체인지업 던질 줄 알아?"

"아, 네에. 그게……."

"왜?"

"체인지업은 그다지 자신이 없는데요."

"알았어. 그냥 던져봐."

"네."

구현진이 체인지업을 던졌다. 그런데 공이 밋밋하게 들어
왔다.

"하긴 이것까지 똑같을 수는 없겠지."

유현진이 씨익 웃었다. 그때 옆에 있던 김명환 감독이 물
었다.

"체인지업은 어때?"

"그냥 그런데요?"

"그렇지?"

"네."

"그러니까, 좀 가르쳐 줘."

"예?"

"좀 가르쳐 주라고."

"이야, 상담 잠깐 해준 거 가지고, 요구하시는 것이 너무 많은 거 아니에요?"

"너 지금까지 만날 필요할 때만 전화한 거 생각해 봐. 그때 내가 뭐 해달라고 하든?"

"와, 진짜 우리 감독님 이렇게 치사한 줄 몰랐다."

"그러지 말고 좀 가르쳐 줘. 선배 좋다는 게 뭐냐."

"저 이 학교 출신 아니라니까요."

그렇게 투덜거리며 유현진이 마운드를 향해 걸어갔다. 유현진 또한 싫지는 않았다.

"너 체인지업 어떻게 던지니?"

"이렇게요."

구현진이 다섯 손가락을 공을 사용해서 잡았다. 유현진이 그 그립을 보고 고개를 끄덕였다.

"어떻게 던지는지 시뮬레이션해 봐."

유현진의 요구에 구현진은 손가락으로 어떻게 던지는지 시늉을 보여주었다. 또한, 어떤 식으로 회전을 거는지까지 대충 몸동작으로 보여주었다.

"으음, 알았어. 공 줘봐."

구현진에게 공을 건네받은 유현진이 체인지업 그립을 잡았다.

"넌 체인지업을 이런 식으로 던지지?"

유현진이 몸소 시범을 보여주었다.

"네."

"그런 식의 느낌보다는 이런 식의 느낌으로 한번 던져봐."

구현진은 유현진이 하라는 대로 조금의 변화를 주었다. 그런데 느낌이 확 달랐다.

"오오."

구현진이 눈을 크게 뜨며 놀라워했다.

"메이저리그에는 몇 가지 체인지업이 있어. 물론 내가 던지는 서클 체인지업 그립은 이렇고, 그다음 그립은 이래."

유현진이 몇 가지 그립과 던지는 방법을 알려주었다. 구현진은 눈을 반짝이며 유현진의 동작에 집중했다.

"이 중에서 마음에 드는 거로 나중에 천천히 연습해 봐."

사실 유현진은 자신의 서클 체인지업을 별로 가르쳐 주고 싶지 않았다. 유현진의 서클 체인지업은 한때 메이저리그에서 손꼽히는 구종이었지만, 지금은 베스트 컨디션이 아니었다.

한창 잘나갈 때 구현진을 만났다면 정말 기분 좋게 알려줬을 것이다. 하지만 지금은 원하는 대로 공이 움직여 줄지도 장담하기 어려웠다. 그런데 구현진은 유현진의 서클 체인지업을 던지고 싶어 했다.

"전 선배님의 서클 체인지업을 배우고 싶어요."

"뭐? 내 서클 체인지업?"

"굳이 내 서클 체인지업까지 따라 할 필요 없어."

"아니, 전 그래도 선배님 서클 체인지업이 최고라고 생각해요."

그 한마디에 유현진의 표정이 환해졌다.

"정말?"

"네."

"다시 한번 말해봐."

"선배님 서클 체인지업이 최고예요."

유현진의 얼굴 표정이 환해졌다.

"에잇! 좋아, 알려줄게. 내 서클 체인지업은 말이지……"

유현진은 자신의 서클 체인지업 그립을 잡아 보였다. 엄지
와 검지로 OK 하듯이 모양을 만든 후 중지부터 새끼손가락까
지 공을 감싸며 잡았다.

"이렇게 잡고 이런 느낌으로 공을 던져."

유현진은 몸소 시범까지 보여주었다. 그리고 릴리스 포인트
는 어디며 공을 놓는 위치까지 하나하나 설명해 주었다.

"어떻게, 이해했어?"

"네."

"하루아침에 되는 것은 아니야. 이게 손에 익는 데 시간이
걸릴지도 몰라. 참고로 나는 그때 서클 체인지업 한 번 만에
던졌다. 그리고 완전히 내 걸로 만들었어."

유현진은 의기양양하게 말했다. 사실 체인지업은 던지기는 쉬워도 자기 걸로 만드는 것은 시간이 걸리는 구종이었다. 체인지업은 구속 차로 타자의 타이밍을 빼앗는 변화구이기 때문에 패스트볼을 던지는 폼으로 던져야 했다.

"여기서 가장 중요한 것은 릴리스 포인트가 일정해야 해. 하지만 똑같은 폼으로 던질 수는 없어. 미묘하게 차이가 날 수가 있어. 그럴 때 필요한 것이 바로 자신감이야."

"자신감……."

"그래, 포심 패스트볼을 던지는 것처럼 자신감 있게, 압도하듯 던지면 타자들은 체인지업을 쉽게 노릴 수가 없어. 무엇보다 타자가 투수에게 겁을 먹어버리면 투수의 타이밍에 말려들어. 그걸로 타자들을 집어삼켜 버려야 해. 그러니까, 중요한 것은 자신감이야!"

"알겠어요."

"오늘 내가 해줄 수 있는 말은 여기까지고, 시즌 끝나고 한국에 왔을 때 형이 다시 한번 봐줄게. 대신 열심히 익혀야 해. 훈련도 열심히 하고. 그때 봤는데도 별로 달라진 것이 없으면 형 실망할 거다."

"예에! 걱정하지 마세요. 노력하겠습니다."

유현진이 마운드를 내려와 김명환 감독에게 갔다.

"벌써 끝났어?"

"감독님, 저 약속 있어요. 벌써 2시간이나 늦었는데……."

"어차피 술 약속이잖아."

"그래도 선배들하고 마시는 건데요. 후배인 제가 늦을 수 있나요."

"그래, 알았다. 고생했어."

"아무튼, 저 녀석 잘 키워보세요. 보니까 괜찮네요."

"나도 알고 있다."

"그리고 예전처럼 살갑게 대해주시고요."

"노력은 하는데……. 됐다, 어서 가라."

"네. 건강하시고요."

유현진이 인사를 하고 사라졌다. 그때까지 구현진은 마운드 위에서 유현진이 알려준 것을 연습하고 있었다. 김명환 감독의 시선이 구현진에게 향했다.

"자식, 잘돼야 할 텐데……."

김명환 감독이 애잔한 마음으로 바라보았다. 그러고는 구현진을 향해 소리쳤다.

"현진이 갔다. 너도 이제 집에 가라."

김명환 감독은 아무 일 없었다는 듯이 야구부실로 들어갔다.

3.

그해, 10월이 찾아왔다.

구현진은 유현진과의 만남 이후로 많은 것이 바뀌었다. 우선 가장 먼저 바뀐 것은 바로 멘탈이었다. 고된 재활에 같은 수술을 받았던 유현진과의 만남은 구현진에게 많은 위로와 도움이 되었다.

특히 유현진의 주특기인 서클 체인지업은 그야말로 뜻하지 않은 수확이었다.

구현진은 유현진과 헤어지고 다시 재활에 돌입했다. 그런 와중에 틈틈이 서클 체인지업에 대한 연습도 게을리하지 않았다. 조금씩 천천히 자기 것으로 만들기 위해 노력했다.

그리고…….

부산 제일고는 올해 마지막 대회인 대통령배 대회를 치를 준비를 하고 있었다. 그 전까지의 대회에서는 좀처럼 성적을 내지 못했다. 확실한 승리를 안겨줄 믿을 만한 에이스 투수가 없었던 것이 가장 컸다.

모든 대회에서 8강에 들어본 적이 없었다. 그렇다 보니 프로 입시도 흉작이었다. 1차 지명으로 뽑힌 선수는 아무도 없었다. 2차 지명에서도 하위 라운드에 겨우 3명이 뽑히는 게 전부였다.

그러자 부산 제일고 동문에서는 감독 교체를 강하게 요구하고 나섰다. 선수들과 학부형들이 나서서 간신히 진정은 시켰지만, 불만의 목소리는 컸다. 일단 지켜보겠지만 여차하면 다시 행동에 나설 가능성이 컸다.

하지만 동문회에서 나선다 한들 에이스 투수의 부재 속에서 좋은 성적을 내기란 쉽지가 않아 보였다.

그래도 부산 제일고 선수들은 올해 마지막 대통령배 대회는 유종의 미를 거두자고 다짐하며 열심히 준비해 나갔다.

4장 ·

대통령배

I.

"하아……."

깊은 한숨이 새어 나왔다. 김명환 감독은 자신의 사무실 책상에 앉아 미간을 잔뜩 찌푸렸다.

"미치겠네! 어떻게 운영해야 돼?"

현재 김명환 감독은 투수진들을 보며 대회 투수 운영을 어떻게 가져가야 할지 고민하고 있었다. 그런데 딱히 특별한 수가 떠오르지는 않았다.

"이럴 때 현진이라도 있었으면……."

김명환 감독이 답답한 마음에 중얼거렸지만 아직은 재활 마무리 훈련 중이라 힘들 거로 생각했다. 그러면서도 한편으로는 찾아와 주길 바라고 있었다.

"잘하고는 있다고 하는데……. 에잇, 무심한 녀석! 얼굴이라도 내밀어주지."

그때였다!

똑똑똑!

"들어와!"

문이 열리며 누군가 들어왔다. 그때까지 김명환 감독은 라인업 구상 때문에 고개를 들지 않았다.

"감독님, 저 왔습니다."

김명환 감독의 눈이 커졌다. 너무나도 익숙한 목소리였다. 김명환 감독이 고개를 들었다.

"아니, 너…… 현진아!"

"그동안 잘 지내셨어요, 감독님?"

구현진이 환한 얼굴로 인사했다.

"오냐, 잘 지냈지? 어떻게 왔어? 팔은 이제 괜찮고?"

"팔이요? 전혀 문제없어요. 지금 당장에라도 공 던질 수 있어요."

구현진을 왼팔을 빙빙 돌리며 끄떡없다는 것을 보여주었다. 그 모습을 본 김명환 감독의 얼굴에 살짝 미소가 번졌다가 이내 사라졌다.

"어험. 뭐, 괜찮다니 다행이네. 그래도 무리하면 안 돼! 천천히 페이스를 올려야지."

"물론 그렇게 하고 있어요. 걱정하지 마세요."

"좋아, 그건 그렇고. 여긴 어쩐 일이야?"

"사실 부탁드릴 게 있어요."

"부탁? 뭔데?"

"사실…… 이번 대통령배 대회부터 경기에 나가고 싶어요. 허락해 주세요."

"이번 대회부터? 너 무리하면 안 된다고 했잖아!"

"무리 안 해요. 그리고 무뎌진 실전 감각을 올리기 위해서라도 경기에 참여하는 게 좋다고 재활코치님도 그랬어요."

"정말이냐? 재활코치가 그렇게 말했어?"

"네! 확실해요."

구현진을 한동안 바라보던 김명환 감독의 눈길이 자연스럽게 라인업이 적힌 차트로 향했다.

'현진이만 들어와 준다면야……'

김명환 감독이 눈동자가 빠르게 굴러갔다. 구현진의 복귀로 인해 골치 아팠던 투수 운영에 한 줄기 빛이 나타난 것이었다.

잠시 고민을 하던 김명환 감독이 구현진을 보았다.

"좋아! 4강전에 출전해. 그때까지 컨디션 확실하게 올리고!"

"네에? 4강전이요?"

"그래! 4강전…… 왜? 힘들 것 같아?"

"아뇨, 더 일찍 던질 수도 있는데요."

"자식, 욕심도 많다. 그래도 안 돼! 너 때문에 투수 로테이션을 엉망으로 만들 수는 없잖아!"

"그건 그렇지만……. 4강전에는 올라갈 수 있겠죠?"

"……."

구현진의 정확한 팩트 공격에 김명환 감독은 입을 다물었다. 두 사람 사이에 잠시 정적이 흘렀다. 그러다가 김명환 감독이 소리를 질렀다.

"마, 우, 우리 팀 무시하냐! 당연히 올라갈 수 있지."

"그런데 왜 말하는 게 떨리세요?"

"내, 내가 언제! 아무튼, 넌 4강전이야. 그리 알고 준비해!"

"넵! 알겠습니다."

대통령배 대회는 총 6라운드로 진행된다. 6라운드로 진행되기 위해서는 총 64개의 학교가 참가해야 했다.

하지만 협회에 등록된 고등학교 야구부는 50여 개밖에 되지 않았다. 그래서 일부는 2라운드부터 대회를 시작했다.

2라운드부터 시작하는 고등학교는 추첨을 통해 정해지는데 그 행운을 부산 제일고가 운 좋게 거머쥐었다. 2라운드부터는 정확하게 32개의 학교가 경기를 펼쳤다.

부산 제일고의 첫 상대는 서울의 신생 학교인 안일고였다. 김명환 감독은 안일고를 상대로 1학년과 2학년을 주로 내세우며 경기를 진행했다.

하지만 경기는 거의 롤러코스터 수준이었다. 엎치락뒤치락
하며 결국 안일고를 11 대 10으로 간신히 잡아내며 3라운드에
진출할 수 있었다.

3라운드 16강전에서 부산 제일고는 라이벌 북대구고와 마
주쳤다. 김명환 감독은 북대구고를 상대로 에이스 조정훈을
내세웠다.

부산 제일고 타자들은 경기 초반부터 꾸준하게 안타를 쳐
주었다. 비록 홈런 타자는 없지만 어떻게든 꾸역꾸역 안타를
만들어내며 점수를 뽑아 주었다.

그렇게 5회까지 매회 1점씩 점수를 뽑아내 5점을 만들어냈
다. 하지만 북대구고가 홈런으로만 2회와 4회 두 점씩 뽑아내
며 스코어는 5 대 4, 한 점 차로 좁혀져 있었다. 그리고 6회 말
부산 제일고에 위기가 찾아왔다.

선발 투수 조정훈의 제구가 갑자기 흔들리더니 안타와 볼넷
을 내주면서 결국, 무사 만루를 만들었다. 설상가상 조정훈의
투구수 또한 90개를 넘기고 있었다.

"감독님, 정훈이가 많이 힘들어 보이는데요."

부산 제일고 박효승 코치가 걱정스러운 얼굴로 말했다.

"불펜은?"

"일단 준비는 시켜놓았습니다."

"알았네."

김명환 감독이 자리에서 일어나 그라운드 밖으로 나갔다. 그 모습을 바라보던 북대구고 강경호 감독의 얼굴에 즐거운 미소가 번졌다.

"조금만 더 버티면 확실한 찬스가 올 것 같았는데, 지금이네."

옆에 있던 김종호 코치도 한마디 거들었다.

"솔직히 관우가 매 회 점수를 내줘서 불안 불안했는데, 오히려 저쪽이 더 엉망이네요."

"그러게나 말이야."

"그런데 부산 제일고는 에이스 투수를 내보냈다고 하던데 상태가 영 아닌 것 같습니다."

"에이스 투수? 저 녀석이? 쯧쯧쯧, 천하의 부산 제일고가 어쩌다가 저리 되었노. 아무래도 부산의 강호는 다 옛말이 되어 버렸네."

"요즘에 부산에서는 부산남고가 강세랍니다."

"하긴! 예전에나 우리 북대구고랑 부산 제일고를 라이벌이라고 했지, 요즘은 누가 라이벌이라고 하나? 차라리 부산남고가 낫지. 안 그래?"

"맞습니다. 그건 그렇고 투수 바꿀 모양이네요."

"투수는 있대?"

"글쎄요, 없을 텐데요."

"엔트리에 등록된 투수가 없어?"

"아뇨, 아는 놈이 하나도 없어요."

"깜짝 놀랐네. 혹시 투수가 없으니 타자가 나오는 줄 알았잖아. 아니지, 차라리 타자가 던지는 게 나으려나?"

강경호 감독이 짓궂게 웃었다.

"그런데 지금 바뀌는 투수, 진짜 처음 들어보는 이름인데요?"

"잘됐지 뭐. 우리 애들 오랜만에 배팅볼이라도 치라고 해."

"그럼…… 동전이라도 준비할까요?"

"뭐? 동전?"

"네티즌들이 그러거든요. 투수가 계속해서 안타 맞으면 동전 넣고 치라고."

"하하. 그거 좋네. 기왕 준비하는 거 잔뜩 준비하라고."

강경호 감독과 김종호 코치가 웃고 떠드는 사이 김명환 감독은 마운드 위에서 누군가를 기다렸다. 그리고 잠시 후.

"후우……."

구현진이 가쁜 숨을 몰아쉬며 마운드 위로 올라왔다.

"목동 구장 오랜만이지?"

"네. 하마터면 길 잃어버릴 뻔했어요."

"짜슥. 넉살은. 그래서 떨리냐?"

"아뇨."

구현진이 피식 웃었다.

"그래! 점수 줘도 되니까, 한번 마음껏 던져봐."

"진짜 점수 줘도 돼요?"

"주면 어쩔 수 없고⋯⋯. 뭐, 안 주면 좋고. 고생해라."

김명환 감독이 마운드를 내려갔다.

"주라는 거야? 말라는 거야?"

"주지 말라는 거지!"

한 발 물러서 있던 포수 장만호가 구현진의 가슴을 툭 쳤다. 구현진은 자신도 모르게 피식 웃었다.

얼마 전까지 선배들 뒤치다꺼리나 했던 장만호가 주전 포수 마스크를 쓰고 있으니 그저 낯설게만 느껴졌다. 하지만 장만호는 구현진이 긴장한 거라 오해했다.

"짜샤, 떨지 말고! 내 미트만 보라고. 알았제?"

"뭔 호들갑이야. 안 떨었거든! 그냥 기분이 좋아서 그렇지."

"진짜 안 떨리나?"

"나는 괜찮으니까. 너나 흥분하지 마. 괜히 정신 못 차려서 엉뚱한 사인 보내지 말고."

"내가 언제 흥분했다고 그래?"

"너, 지금 무사 만루라고 당황한 거 다 보이거든?"

"아닌데? 당황 안 했는데?"

"한 점도 안 내줄 테니까 걱정하지 마."

"새끼, 지랄하네. 공이나 제대로 보고 던져!"

"알았어, 인마!"

구현진이 글러브로 장만호의 가슴을 툭 쳤다.

"오야, 알았다."

장만호도 마운드를 내려가 포수 자리로 갔다. 구현진은 마운드의 흙을 스파이크로 꽉꽉 쳐서 골랐다. 그리고 가볍게 호흡을 한 후 로진백을 들어 툭툭 두드렸다.

재활할 때 수도 없이 만졌던 로진백이었다. 그런데 경기장에서 만지는 로진백은 어딘지 모르게 달랐다. 좀 더 부드러우면서 손에 잘 묻어났다. 구현진은 글러브 속에 있는 공을 잡아보았다. 손으로 감싸자 그 또한 느낌이 달랐다.

'그래. 바로 이 맛이지.'

구현진이 손가락의 감각을 일깨우며 공을 단단히 움켜쥐었다. 그리고 장만호의 사인을 기다렸다.

장만호는 초구 사인을 바깥쪽으로 빠지는 포심 패스트볼로 요구했다. 그 사인을 본 구현진이 인상을 썼다.

"저 새끼 보게. 초구부터 바깥쪽 빠지는 공이 뭐냐?"

구현진이 투덜거리며 자세를 잡았다. 타석에는 북대구고의 3번 타자 박여완이 나왔다. 현재까지 안타 두 개에 2타점을 기록하고 있었다. 그리고 2타점이 바로 홈런이었다.

장만호는 박여완이 전 타석에서 홈런을 쳤기에 잔뜩 경계하고 있었다. 그래서 초구부터 바깥쪽으로 빠지는 공을 요구했던 것이다. 하지만 구현진은 안타든 홈런이든 절대 맞지 않을 자신이 있었다.

"일단 네가 원하는 대로 던지긴 하겠지만……"

구현진이 호흡을 가다듬고 공을 힘껏 던졌다.

"……지금의 네 방식. 맘엔 들진 않아!"

후아앗!

공은 빠르게 일직선으로 날아갔다. 그런데 어깨에 잔뜩 힘이 들어갔는지 구현진이 예상했던 것보다 더 많이 공이 빠졌다.

"저 새끼가……"

장만호가 소리치며 몸을 날렸다.

픽!

장만호는 어렵게 공을 낚아챈 후 곧바로 공을 던질 자세를 취했다. 포수 미트 사이로 장만호의 매서운 눈빛이 각 루에 있는 주자를 응시했다.

여차하면 다음 베이스로 내달리려던 주자들이 흠칫하더니 이내 제자리로 돌아갔다. 그제야 장만호는 경계를 풀고 한숨을 내쉬었다.

"하아, 저런 미친 새끼……"

장만호는 마운드에 있는 구현진을 노려보았다.

"야! 새끼야, 공 똑바로 안 던져!"

구현진는 잔뜩 미안한 얼굴로 손을 들었다.

"미안, 미안! 공이 손에서 빠졌어."

"정신 차리라고! 지금 무사 만루야!"

"알아, 알고 있다고!"

구현진도 가슴이 철렁했다. 만약 공이 뒤로 빠졌다면 영락없이 한 점을 주는 상황이었다. 다행히 장만호가 몸을 날려 막았기 망정이지 아니면 초구부터 망신살이 뻗쳤을 것이다.

"아우 씨…… 하마터면 공 하나 던지고 쫓겨날 뻔했네."

구현진은 긴장하지 않으려 했다. 하지만 심장은 마운드에 올라선 그 순간부터 요란스럽게 쿵쾅거리고 있었다.

"적당히 하자."

구현진이 자신의 가슴을 툭 하고 때렸다. 그리고 주문을 외우듯 중얼거렸다.

"침착하자. 침착해!"

구현진은 장만호에게서 공을 건네받은 후 다시 호흡을 골랐다. 어느 정도 침착함을 되찾은 후 공을 단단히 잡았다. 그리고 장만호를 보며 사인을 기다렸다.

장만호는 바깥쪽에 걸치는 스트라이크 사인을 냈다. 무사 만루에서 또다시 볼을 요구할 수는 없었기 때문이다.

'이번에는 제대로 던져!'

장만호의 사인을 받은 구현진이 고개를 끄덕였다.

'오케이! 좋아!'

그리고 공을 강하게 움켜쥔 후 장만호의 미트를 향해 힘껏 공을 내던졌다.

퍼엉!

빠르게 날아간 공이 장만호의 미트 속에 파묻혔다.

"스트라이크!"

구심이 오른팔을 들어 올렸다.

박여완은 고개를 끄덕이며 타석을 벗어났다.

'제법 괜찮은 공이네.'

박여완의 시선이 자연스럽게 전광판으로 향했다. 전광판에 찍힌 구속은 143㎞/h였다. 특별히 빠르지도 느리지도 않은 공이었다.

그래서일까. 박여완은 내심 몸 쪽 공이 들어오길 기다렸다. 하지만 구현진이 내던진 3구는 이번에도 바깥쪽을 파고들었다.

퍼엉!

"스트라이크!"

순식간에 2스트라이크 1볼의 불리한 카운트에 몰리자 박여완이 구현진을 노려보았다.

'뭐야, 이 새끼! 몸 쪽으로 안 던져?'

박여완은 한 번쯤은 몸 쪽으로 공이 올 거로 생각했다. 그리고 그 공을 잡아당겨 또 한 번 강한 장타력을 뽐내려고 했다. 그런데 구현진-장만호 배터리는 3구 연속 바깥쪽 승부를 해왔다.

'겁먹었다, 이거지?'

박여완이 쓴웃음을 지으며 타석에 들어섰다. 그런데.

후앗!

구현진이 내던진 4구가 몸 쪽으로 날아들었다.

'어? 몸 쪽! 이거다!'

박여완은 기다렸던 몸 쪽 공이 날아오자 자신 있게 방망이를 돌렸다. 앞서 구현진의 포심 패스트볼은 충분히 봤으니 타이밍이 어긋나리라는 생각은 전혀 하지 않았다. 예상처럼 홈플레이트 코앞에서 공과 방망이가 만날 것 같았다.

'또 홈런이다.'

박여완의 입가로 미소가 스르륵 피어올랐다. 그렇게 박여완이 연타석 홈런을 때릴 생각에 잠겨 있을 때 갑자기 공이 사라졌다.

"어?"

부웅!

퍼엉!

"스트라이크! 타자 아웃!"

박여완은 놀란 눈으로 포수 미트를 바라보았다. 놀랍게도 공은 그곳에 들어가 있었다.

"뭐, 뭐야? 체인지업?"

박여완의 시선이 다시 구현진에게 향했다. 구현진이 씨익 웃으면서 말했다.

"우선 한 명!"

박여완이 삼진을 당하고 더그아웃으로 걸어갔다. 그러자 대기타석에 있던 4번 타자 이동회가 물었다.

"체인지업이었나?"

"그런 거 같은데."

"왜 그래? 체인지업인 줄 몰랐어?"

"포심인 줄 알았어. 투구 동작이 포심 던질 때랑 똑같았다고."

"병신 새끼, 그걸 구분 못 하냐!"

박여완이 와락 얼굴을 찌푸렸다. 그런 박여완을 뒤로하고 북대구고 4번 타자 이동회가 타석에 들어섰다.

'여완이 저 새끼도 쳤는데 4번 타자인 내가 홈런을 못 쳐서야 되겠어? 자존심 상하게 말이야. 어쨌든 1사 만루 상황이야. 잘 차려진 밥상인데 못 먹으면 개쪽팔리지.'

이동회가 눈을 반짝이며 방망이를 들었다. 그사이 사인을 주고받은 구현진이 공을 던졌다.

그런데 초구에 몸 쪽 체인지업이 들어왔다. 이동희는 큰 걸 노리듯 적극적인 타격으로 임했다. 몸 쪽으로 공이 날아오자 여지없이 방망이를 돌렸다.

딱!

하지만 마지막 순간에 공이 뚝 하고 떨어지면서 파울이 되고 말았다.

"아잇! 아깝다!"

이동희가 아쉽다는 표정을 지었다. 조금만 앞쪽에서 공이 걸렸더라도 외야까지 충분히 날려 보낼 수 있을 것 같았다.

그러나 구현진은 전혀 동요하지 않고 2구째를 던졌다. 이번에는 바깥쪽으로 꽉 찬 포심 패스트볼이었다.

퍼엉!

"스트라이크!"

이동희가 움찔했지만, 방망이는 돌아가지 않았다. 2스트라이크 노볼인 상황에서 3구째 공이 날아왔다. 3구째 공 역시 2구째와 같은 코스로 날아왔다.

이동희는 3구째 공도 포심 패스트볼이라 생각하고 방망이를 힘껏 돌렸다.

'두 개나 같은 코스로 던져! 감히 날 뭐로 보고!'

그런데 분명 같은 공이라 여겼던 게 홈 플레이트 앞에서 바깥쪽으로 휘어지며 뚝 떨어졌다.

"어라? 젠장!"

당황한 이동희가 엉덩이를 쭉 빼며 억지로 공을 맞히려고 했다. 그러나 이미 돌아간 방망이를 어쩔 수는 없었다.

"빌어먹을! 하필 슬라이더라니."

헛스윙 삼진을 당한 이동희는 허탈한 표정으로 더그아웃으로 걸어갔다. 그렇게 구현진은 두 번째 타자마저 삼진으로 잡아냈다.

"마지막 한 명 남았다."

두 타자 연속 삼진으로 잡자 부산 제일고 더그아웃에서 환호성이 들렸다. 반면 북대구고 더그아웃은 침울한 표정을 지었다. 그중에서 가장 놀란 사람은 바로 강경호 감독이었다.

"저, 저 녀석 뭐야! 배팅볼 투수라며!"

북대구고 강경호 감독이 냉큼 김종호 코치를 돌아봤다. 그러자 김종호 코치도 말을 더듬었다.

"그, 그러게요."

"지금 장난해!"

"죄, 죄송합니다."

반면 김명환 감독은 두 타자 연속 삼진을 잡은 구현진을 보며 히죽 웃었다.

"그래, 현진아. 이제 한 놈 남았다. 한 놈만 더 부탁한다."

마운드에 선 구현진도 긴장이 풀어진 듯 입가에 미소를 그렸다.

"뭐, 별거 아니네."

북대구고의 클린업 트리오라고 해서 조금 걱정했는데 막상 상대해 보니 오히려 자신감이 생겼다. 구현진이 로진백을 툭툭 건드렸다.

그사이 북대구고의 5번 타자 현우빈이 들어섰다. 장만호가 구현진에게 공을 던져주며 속으로 중얼거렸다.

'새끼, 체인지업 죽이네. 어디서 배웠지? 진짜 현진 선배한테 배웠나? 그때는 거짓말하는 줄 알았는데.'

장만호가 자리에 앉았다. 그러자 5번 타자 현우빈이 타격할 준비를 마쳤다.

'이 녀석이 의외로 선구안이 좋지? 타격 밸런스도 좋고, 무엇보다 부드러운 스윙을 해. 그렇다면 조금 전과 같은 방법은 통하지 않을지도 몰라.'

장만호가 잠시 생각을 하더니 마운드에 당당히 서 있는 구현진을 보았다.

'이런 녀석은 무리하게 삼진으로 잡는 것보다 땅볼로 범타를 유도하자.'

장만호가 가랑이 사이로 사인을 보냈다. 초구 바깥쪽 꽉 찬 공을 요구했다.

구현진은 고개를 끄덕이고 힘껏 공을 던졌다.

후앗!

공은 장만호의 미트를 향해 날아갔다. 그러자 현우빈이 망설이지 않고 방망이를 내돌렸다.

딱!

방망이 끝부분에 걸린 타구가 1루 측 관중석으로 넘어갔다. 타이밍은 얼추 맞았지만, 방망이 중심에 맞히질 못했다.

"이걸 치네?"

구현진은 2구째 바깥쪽으로 조금 더 빠지는 공을 던졌다. 하지만 현우빈은 그 공에 반응하지 않았다.

볼 카운트 원 스트라이크 원 볼에서 구현진은 바깥쪽으로 떨어지는 체인지업을 던졌다. 워낙에 아슬아슬한 공이어서 웬만한 타자들은 방망이가 나올 만한 그런 공이었다.

하지만 현우빈은 이번에도 꿈쩍도 하지 않았다. 마치 구현진이 유인구를 던질 거라고 확신이라도 한 것 같았다. 구현진은 장만호에게서 공을 건네받고 고개를 끄덕였다.

'확실히 공을 잘 보네. 계속 지켜봐서 그런가?'

솔직히 현우빈은 구현진의 공을 여기서 제일 많이 본 타자였다. 앞선 두 타자를 상대할 때 더그아웃과 대기타석에서 공을 유심히 지켜보았다. 그래서 어느 정도 공이 눈에 익은 상태였다.

'계속 바깥쪽 공은 안 통하겠지.'

잠시 고심하던 장만호는 4구째 공을 몸 쪽으로 요구했다. 그런데 구현진이 고개를 흔들었다.

'그럼 이거?'

체인지업 사인을 냈는데도 구현진은 고개를 흔들었다.

'몸 쪽이 싫어?'

그래서 바깥쪽으로 사인을 보냈다. 그것마저 구현진은 고개를 가로저었다.

'이것도 아니면 뭐야?'

그때 구현진이 손가락 두 개를 펼쳐 보였다. 그것을 본 장만호가 눈을 크게 떴다.

'커브? 도대체 무슨 생각이야?'

구현진이 피식 웃으며 고개를 끄덕였다. 자신을 믿어보라는 투였다.

'그래, 알았다. 커브 던져봐라.'

장만호가 미트를 들었다. 자세를 잡은 구현진이 힘껏 공을 던졌다. 현우빈도 승부가 들어올 거라 예상하고 잔뜩 긴장했다.

그런데 공이 아주 느리게 큰 포물선을 그리며 날아왔다. 그것도 한복판으로 들어오는 초 슬로우 커브였다.

'이, 이런 대담한 녀석을 봤나.'

장만호가 깜짝 놀랐다.

방망이를 쥔 현우빈도 마찬가지였다. 설마하니 이런 뻔한 공이 들어올 거라고는 생각하지 못한 얼굴이었다. 아리랑 볼처럼 날아드는 공은 마음만 먹으면 담장 밖으로 날려 버릴 수 있을 것 같았다.

하지만 포심 패스트볼에 초점이 맞춰져 있던 현우빈은 초 슬로우 커브에 반응할 수가 없었다. 그사이.

펙!

공이 정확하게 미트에 들어갔다. 장만호는 공을 움켜쥔 채 버텼다. 공이 좀 높이 날아들긴 했지만, 잘하면 스트라이크를 받을 수 있을 것 같았다. 예상대로 잠시 머뭇거리던 심판이 스트라이크를 외쳤다.

"예? 이게요?"

현우빈이 심판을 돌아봤다.

"들어왔어!"

"좀 높았잖아요."

"느렸잖아."

"그, 그건……."

원래 빠른 공이 그 코스로 들어오면 볼을 줬을 것이다. 하지만 타자가 충분히 칠 수 있는 느린 공이었기에 약간 높게 들어와도 스트라이크를 준 것이다.

그렇게 볼 카운트가 투 스트라이크 투 볼로 바뀌었다. 자연스럽게 현우빈의 표정이 굳어졌다.

원래 빠른 공과 체인지업 두 개밖에 없는 투 피치 투수인 줄 알았다. 슬라이더도 던지긴 하지만 주력 구종은 아니었다. 그런데 초 슬로우 커브가 들어오니 갑자기 머릿속이 복잡해졌다.

'뭐야? 구종이 하나가 더 있어?'

물론 구현진의 커브는 눈속임이었다. 원래 잘 던지지도 않았고 가끔 던질 공이 없을 때 하나씩 보여주는 정도였다.

하지만 그러한 사실을 모르는 현우빈은 혼란스러웠다. 이제 어떤 공이 들어올지 헷갈렸다.

'포심인가? 아님 체인지업? 커브?'

2스트라이크 2볼에서 어지간한 투수면 당연히 스트라이크로 공을 던질 것 같았다.

'이럴 때 현진이 형이라면 어떻게 했을까?'

구현진도 같은 생각을 하며 글러브 안에서 공을 매만졌다. 그리고 고개를 들어 장만호를 바라봤다. 장만호는 몸 쪽 스트라이크로 들어오는 체인지업을 요구했다. 구현진이 살짝 인상을 썼다.

'스트라이크는 안 되는데…… 왠지 저 녀석이 칠 것 같아. 그럼 볼을 던져야 하는데……'

구현진의 포인트는 스트라이크가 아니라 그 아래 살짝 바운드가 되는 그런 공을 던질 생각이었다.

'뭐, 만호라면 알아서 잘 잡겠지.'

장만호는 리딩은 별로지만 볼 캐치 능력 하나만큼은 탁월했다. 그래서 구현진은 그런 장만호를 믿고 자신이 생각한 공을 던졌다.

후앗!

구현진의 손을 빠져나온 공이 현우빈의 몸 쪽으로 날아들었다.

'스트라이크다!'

현우빈은 즉각 반응했다. 하지만 몸 쪽으로 날아오는 공은 홈 플레이트 앞에서 뚝 떨어지며 바운드가 됐다.

"⋯⋯!"

장만호가 깜짝 놀라며 블로킹을 시도했고 현우빈은 헛스윙 삼진을 당했다.

파팟!

다행히 만루 상황이라 낫아웃은 아니었다. 간신히 블로킹한 장만호가 눈을 부릅뜬 채 구현진을 노려보았다.

하지만 구현진은 세 타자 연속 삼진으로 잡았다는 사실에 어쩔 줄을 몰라 했다.

"좋았어! 한 점도 주지 않았어!"

구현진이 주먹을 움켜쥐며 마운드를 내려갔다. 그러자 내야

수 수비들이 모두 다가와 구현진을 툭툭 건드렸다.

"나이스 볼!"

"굿 잡!"

"공 좋아!"

구현진이 대답 대신 씩 웃었다. 그러는 사이 장만호가 다가왔다. 그는 잔뜩 일그러진 표정으로 소리쳤다.

"새끼야! 공을 그리 던지면 어째! 스트라이크 던지라고 했잖아."

"야, 스트라이크 던졌으면 맞았어!"

"그래도 그렇지. 코스를 바꿀 거면 나에게 말을 하던가."

"어떻게 말해! 아예 '나 볼 던질 거야.' 이렇게 소리라도 쳐야 했어?"

"누가 그러래!"

"만호야, 너무 단순하게 생각하지 마. 스트라이크 던지는 게 최선이 아니야. 너도 좀 생각을 해!"

"지랄!"

장만호는 구현진의 잔소리에 인상만 찡그렸다. 그 모습을 본 구현진은 그냥 웃고 말았다.

한편, 북대구고 더그아웃은 조용했다. 무사만루 찬스를 놓치면서 분위기는 무겁게 가라앉았다.

"뭐야, 저 새끼! 부산 제일고에 저런 투수가 있었나?"

강경호 감독이 소리쳤다.

"글쎄요……."

"제대로 된 투수가 없다며!"

"네, 원래 없어야 정상인데……."

"그럼 쟤는 타자야?"

"아니요, 투수는 맞는 것 같습니다. 다만…… 올해 기록이 하나도 없습니다."

"뭐야? 작년에 전학이라도 온 거야?"

"그건 아니고 1학년 때 기록이 있긴 합니다. 그런데 잠깐 두 번 정도 던진 것이 다입니다. 그리고 1년 가까이 통째로 쉰 모양입니다."

"수술이라도 받았나?"

강경호 감독의 시선이 부산 제일고 더그아웃으로 갔다. 그곳에 앉아 있는 구현진을 바라보았다. 구현진은 벤치에 앉아 땀을 닦고 있었다. 그 옆으로 김명환 감독이 다가왔다.

"고생했다, 현진아."

"고생은요."

"어깨는?"

"네, 끄떡없어요."

"어떻게 할까? 여기서 바꿔줄까?"

"그런데 저 말고 던질 사람 있어요?"

"던질 사람이야 많지. 설마 투수가 없겠나."

김명환 감독은 솔직히 '투수가 없어. 네가 계속 던져라.'라고 말하지 못했다. 김명환 감독의 성격을 파악한 구현진도 김명환 감독의 말을 곧이곧대로 듣지 않았다.

"감독님, 그냥 제가 계속 던질게요."

"안 피곤하겠나?"

"고작 한 이닝 던졌는데요, 뭘."

"그럼…… 그럴래?"

"네, 제가 던질게요. 던지고 싶어요."

"네가 그렇다면 어쩔 수 없지. 다음 이닝도 네가 던져라!"

김명환 감독은 자리로 돌아가며 씨익 웃었다. 구현진도 그런 김명환 감독의 모습에 웃음만 나왔다.

'하여간 감독님은…….'

구현진의 시선이 다시 그라운드로 향했다. 오랜만에 마운드에 올라 공을 던지니 너무 좋았다. 이제야 비로소 진짜 살아 있다는 느낌이 들었다.

2.

7회 초 부산 제일고 공격은 삼자범퇴로 끝이 났다. 한 점 정

도 뽑아줬으면 좋겠지만, 북대구고 투수진에 막혀 힘없이 물러
났다.

"빨리도 끝났네."

구현진이 글러브를 챙겨 일어났다. 김명환 감독이 그런 구
현진을 보며 말했다.

"잘 막고 와라."

"저만 믿으세요."

7회 말 북대구고 공격은 6, 7, 8번이었다. 구현진은 6번 타자
신준우를 상대로 5구째 체인지업을 던져 2루 땅볼을 유도했
다.

7번 타자 김태우는 4구째 몸 쪽 포심 패스트볼을 붙여 넣어
1루 쪽 파울플라이로 잡아냈다.

마지막으로 8번 타자 김창현을 상대로 3구째 몸 쪽으로 떨
어지는 체인지업을 던져 헛스윙 삼진을 이끌어냈다.

공 12개로 간단하게 하위타선을 잡아낸 구현진이 당당한
걸음으로 더그아웃에 돌아왔다.

"후우."

구현진이 벤치에 앉아 수건으로 땀을 닦았다. 그 옆으로 장
만호가 다가왔다.

"오늘 공 좋은데?"

"하루 이틀이냐."

"건방은. 그건 그렇고 너 괜찮아? 팔은 어때?"

"괜찮지. 나 수술 잘 됐다니까?"

구현진이 너스레를 떨었다. 그러면서도 내심 불안함을 감추지 못했다. 사실 재활코치는 공을 던져도 좋지만 투구수를 30구로 제한할 것을 권했다.

"초반부터 너무 무리해서 던질 필요는 없어. 지금은 익숙해지는 것이 중요하니까. 알았지?"

이제 7회가 끝난 시점에서 투구수가 24개였다. 30구까지는 6개밖에 남지 않았다. 구현진은 습관처럼 자신의 왼팔을 살짝 감쌌다.

'괜찮겠지? 아직 6구가 남았으니까.'

다행히 어깨와 팔꿈치에는 통증이 없었다. 그냥 오랜만에 던져서 그런지 약간의 뻐근함이 있을 뿐이었다. 그때 김명환 감독의 목소리가 들려왔다.

"창식아!"

"넵!"

"준비해라!"

"알겠습니다."

1학년인 김창식이 글러브를 챙겨 후다닥 불펜 쪽으로 뛰어갔다. 그 모습을 본 구현진이 눈을 크게 떴다.

"뭐야? 창식이가 왜 불펜으로 가?"

"저 녀석이 우리 팀 마무리야."

옆에 있던 장만호가 답해주었다. 구현진이 고개가 홱 돌아가며 장만호를 보았다.

"1학년이잖아! 게다가 새가슴이라며?"

"그래도 공은 빨라."

"빠르면 뭐 해? 제구도 안 된다며?"

"요새 많이 좋아졌어."

"야, 아무리 그래도 창식이는 너무한 거 아니냐? 그렇게 투수가 없어?"

"조용히 해. 듣겠다. 아무튼, 선배들 졸업해서 투수 없어, 인마! 지금 이 상황에서 가장 믿을 수 있는 건 저 녀석이라고."

"헐······."

구현진은 답답한지 한숨을 폭 쉬었다. 이대로 이기나 싶었는데 1학년 후배에게 경기를 맡겨야 한다고 생각하니 괜히 불안해졌다.

그때 김명환 감독이 다가왔다.

"고생했다, 현진아. 여기까지 던지자."

"아뇨. 한 이닝 더 던질게요."

"한 이닝 더 던지겠다고?"

"네! 이제야 몸이 풀렸거든요. 그리고 중심타선도 아니잖아요. 그냥 제가 깔끔하게 처리할게요."

김명환 감독이 곰곰이 생각을 해보았다. 솔직히 마무리인 김창식이 2이닝을 던지는 것은 좀 과했다. 가뜩이나 제구도 불안한데 볼넷이라도 끼면 투구수도 많아질 것 같았다.

체력이 약한 김창식이기에 투구수가 30개를 넘어가면 분명 구위도 떨어질 터였다. 게다가 8회를 잘 막아도 9회에는 중심 타선도 상대해야 하는데, 그 부담감을 고작 1학년이 짊어지기에는 다소 무리가 있었다.

김명환 감독은 고개를 주억거렸다. 만약 구현진이 한 이닝을 더 책임져 준다면 더할 나위 없이 좋다고 생각했다.

"그럼 그럴래?"

"예, 제가 할게요."

"그래. 그럼 딱 이번 이닝까지만이다."

김명환 감독이 구현진의 어깨를 두드렸다.

"저만 믿으시라니까요."

구현진이 씩 웃었다. 그사이 부산 제일고의 공격은 또다시 삼자범퇴로 끝이 났다.

"진짜 이 녀석들은 쉴 틈을 안 주네."

구현진이 서둘러 마운드에 올랐다. 그리고 발로 흙을 다지며 생각했다.

'현재 투구수는 24개! 한계 투구수는 30개. 6개의 공으로 3타자를 상대해야 해. 삼진으로 잡아내는 건 불가능하지만 맞

혀 잡는다면…….'

구현진이 투구수에 대해 고민하고 있을 사이 마운드로 장만호가 올라왔다.

"현진아."

"왜?"

"하위타선이라고 긴장 풀지 말고. 집중해서 깔끔하게 마무리 짓자!"

"그럴 생각이야. 그런데 웬만하면 맞혀 잡는 거로 가자!"

"맞혀 잡자고?"

"그래. 빨리빨리 끝내야지."

"그래. 알았어."

장만호가 고개를 끄덕인 후 자신의 자리로 갔다.

'어디 보자. 어떤 볼 배합을 할까?'

장만호는 생각을 정리한 후 구현진에게 사인을 보냈다. 구현진은 가볍게 고개를 끄덕였다. 그리고 타자가 충분히 칠 수 있을 만한 공을 던져주었다.

퍼엉!

북대구고 9번 타자 서상호를 상대로 초구에는 바깥쪽으로 스트라이크를 잡았다. 그리고 2구째 체인지업을 살짝 몰리게 던졌다. 한마디로 치라고 던진 공이었다.

"친다고 다 안타는 아니니까 어디 맘껏 쳐봐라."

구현진의 바람대로 서상호는 포심 패스트볼 타이밍에 맞춰 방망이를 휘둘렀다. 그런데 공이 갑자기 느려지며 툭 떨어지는 것이었다.

'체인지업!'

서상호는 어떻게든 공을 방망이 중심에 맞히려고 팔을 쭉 뻗어냈다. 하지만 공은.

딱!

방망이 끝부분에 걸려 3루 쪽으로 굴어갔다.

"좋았어."

공을 향해 달려드는 3루수 석정우를 보며 구현진이 주먹을 움켜쥐었다. 이 상태라면 공 2개로 아웃카운트 하나를 늘릴 수 있을 것 같았다.

그런데 갑자기 변수가 발생했다. 잘 굴러가던 공이 돌에 걸리면서 불규칙하게 튀어 오른 것이다.

"어?"

공을 포구하려던 석정우가 깜짝 놀라 몸을 움츠렸다. 그사이 공은 글러브에 맞고 옆으로 굴러갔다.

"빨리 던져! 어서!"

구현진이 강하게 소리쳤다. 석정우는 당황하며 재빨리 공을 주워 부랴부랴 1루로 던졌다. 그런데 1루수 옆으로 빠지는 악송구가 나왔다.

"헉!"

구현진이 헛바람을 삼켰다. 다행히 1루수 뒤에는 장만호가 대기하고 있었다. 공을 잡아낸 장만호가 재빨리 포구해 2루로 가는 것을 막아냈다.

장만호가 3루수 석정우를 향해 소리쳤다.

"야, 석정우 너 인마! 정신 안 차려!"

"아, 네에! 죄송합니다."

1학년생인 석정우는 선배의 호통에 잔뜩 긴장하며 고개를 숙였다. 그런 모습을 본 구현진이 석정우에게 다가갔다.

"됐어, 됐어. 불규칙 바운드였잖아. 눈치 보지 말고 잘해!"

"네, 선배님."

마운드에 올라온 구현진은 솔직히 기분이 좋지 않았다. 불규칙 바운드가 아니었다면 아웃카운트 하나는 올릴 수 있었다. 아니, 석정우가 허둥대지 않고 1루에 제대로 송구했다면 아웃시킬 수 있었을 것 같았다.

투구수를 아끼려는 구현진에게 있어서 지금의 수비는 두고 두고 아쉬울 수밖에 없었다. 하나 이미 지나간 일을 후회한들 달라지는 것도 없었다.

"잊자. 잊어버리자. 1학년이잖아."

구현진이 쓴웃음을 지었다. 그 모습을 3루수 석정우가 힐끔 바라보았다.

'헉, 썩소……. 현진 선배님 화나셨나 보네. 젠장. 어떻게 하지?'

석정우의 눈동자가 급격히 흔들렸다. 불현듯 눈치 보지 말고 잘하라는 말이 다음에 또 그러면 너 죽는다는 말처럼 느껴졌다.

'젠장! 나 이제 어떻게 하지?'

석정우는 불안한 얼굴로 자세를 잡았다. 그 모습을 북대구고 강경호 감독이 보았다.

"음……."

강경호 감독의 입가로 슬쩍 미소가 걸렸다.

"김 코치!"

"네, 감독님."

"저쪽 3루수 1학년인가?"

"네, 1학년입니다."

"그래? 그렇다면……. 지금이 판을 흔들 기회겠군."

강경호 감독이 곧바로 1번 타자 이영우에게 사인을 보냈다. 이영우는 사인을 받고 헬멧을 꾹 눌러쓴 채 가볍게 고개를 끄덕였다.

그리고 방망이를 몇 번 돌리더니 좌타석에 들어섰다. 장만호가 힐끔 이영우를 바라보았다. 타격 자세를 취하는 걸 봐서는 번트를 대려는 것 같지 않았다.

'그래도 다른 작전이 걸렸을지 모르니까.'

장만호는 일단 상황을 지켜보기 위해 초구를 바깥쪽으로 빠지는 포심 패스트볼로 요구했다. 구현진이 고개를 끄덕인 후 장만호가 원하는 곳으로 공을 던졌다.

후앗!

공이 날아오자 이영우는 곧바로 몸을 낮췄다. 그리고 팔을 쭉 내밀어 바깥쪽으로 도망치는 공에 방망이를 가져다 댔다.

딱.

방망이 끝에 걸린 타구가 공교롭게도 3루 쪽으로 굴렀다.

"기습번트다! 3루수!"

장만호가 곧바로 손가락을 가리키며 소리쳤다. 3루수 석정우가 허둥지둥 달려와 공을 낚아챘다. 그런데 조금 전 1루 악송구의 기억이 갑자기 떠올랐다.

'잘못 던지면 어떻게 하지?'

갑자기 찾아온 두려움에 석정우는 글러브 안에 있던 공을 제대로 꺼내지 못했다.

"석정우! 뭐 해! 2루로 던져!"

구현진이 강하게 소리쳤다. 뒤늦게 정신을 차린 석정우의 시선이 2루로 향했다. 그때 장만호의 음성이 들려왔다.

"2루는 늦었어! 1루!"

그러자 석정우의 시선이 다시 1루로 향했다. 그런데 주자가

네 맘대로 던져라 1

좌타자인 데다가 발도 빨라 거의 1루에 도착하려고 했다.

'안 돼!'

석정우는 이를 악물고 공을 던졌다. 하지만 공은 1루수 키를 훌쩍 넘기며 또 한 번 악송구가 되었다.

"아아……."

석정우가 망연자실했다. 그사이 1루 주자 서상호는 2루를 돌아 3루로 향했고, 타자 주자 이영우 역시 1루를 돌아 2루에 안착했다. 이영우가 두 팔을 들어 포효했다.

"우오오오!"

북대구고 더그아웃은 그야말로 축제 분위기였다. 안타 하나면 경기를 뒤집을 수 있으니 다들 정신을 차리지 못했다.

"크으……. 제길!"

구현진은 입술을 질근 깨물었다. 지금쯤 투 아웃이 되어야 할 상황이 무사 2, 3루로 바뀌니 허탈함이 밀려들었다. 3루수 석정우도 충격에서 헤어 나오지 못했다.

"나 때문이야. 나 때문……."

구현진은 그런 석정우를 바라봤다. 석정우도 구현진과 눈이 마주치자 움찔하며 눈을 피했다.

"야, 너 이리 와봐!"

구현진이 손을 까닥거렸다. 석정우는 냉큼 구현진 곁으로 다가갔다. 그리고 곧바로 고개를 숙여 사과했다.

"죄송합니다! 선배님!"

"원래 1학년은 이렇게 야구 하냐?"

"죄송합니다. 열심히 하겠습니다."

그 모습에 구현진이 피식 웃었다.

"짜식. 농담 한번 한 거야. 괜찮으니까 잊어버려. 1학년은 원래 실수하고 그러는 거지."

"네, 선배님!"

"대신 이제부터 정신 똑바로 차리고!"

"넵! 선배님!"

"긴장 풀고!"

"넵! 선배님!"

"좋아! 가봐!"

구현진이 글러브로 석정우의 가슴을 툭 쳤다. 실책으로 마음 아파할 후배를 다독여 준 것이다. 원래라면 첫 번째 실책 때 긴장을 풀어줬어야 했다. 그러지 못했다는 것에 구현진은 약간의 미안함도 있었다.

"싹싹한 녀석인데 말이야."

사실 구현진은 석정우를 오늘 처음 만났다. 그것도 경기가 있기 전 락커룸에서 말이다. 석정우가 먼저 구현진에게 다가와 인사를 건넸다.

"안녕하십니까, 선배님!"

"어, 그래. 1학년이야?"

"네, 선배님. 석정우라고 합니다."

"아, 네가 진우구나? 만호한테 이야기 들었다. 1학년인데 벌써 주전이라며? 제법인데?"

"운이 좋았습니다."

석정우는 덩치에 안 맞게 귀여운 면이 있었다. 구현진은 굵은 팔뚝과 큰 덩치를 자랑하는 석정우를 보며 한마디 했다.

"너, 힘 좋겠다."

"아닙니다."

"너, 내가 선발로 나가면 홈런도 치고 그래야 해."

"넵! 맡겨주십시오."

구현진은 석정우가 재활하고 돌아온 선배의 첫 경기를 망치지 않으려고 얼마나 애를 썼는지 잘 알았다. 그렇기 때문에 긴장하고 있을 녀석을 빨리 풀어주고 싶었다.

'어차피 벌어진 일인데 어쩌겠어? 나도 잊어버리자. 후

우……. 그래도 점수는 주지 말아야 하는데…….'

구현진은 마운드에 서서 호흡을 골랐다. 타석에 들어선 타자를 노려본 후 2, 3루 주자를 번갈아 보았다.

'가장 좋은 시나리오는 삼진인데…….'

어정쩡한 땅볼이 나와도 3루 주자가 홈으로 들어올 수 있는 상황에서 최선은 역시나 삼진이었다. 그리고 장만호 또한 같은 생각을 하고 있었다.

'삼진을 잡아야 해, 현진아. 까다로운 공을 요구할 테니 제대로 집어넣어라. 믿는다.'

장만호가 조심스럽게 사인을 냈다. 지금까지와는 다른 코너에 걸치는 아슬아슬한 공을 요구했다. 구현진은 고개를 끄덕였다. 그리고 장만호의 주문처럼 제구에 신경 쓰며 공을 던졌다.

그런데 2번 타자 김도헌의 선구안이 너무 좋았다. 살짝살짝 벗어나는 공은 건드리지도 않고, 스트라이크로 아슬아슬하게 걸치는 공은 커트해 버렸다.

"젠장! 까다로운 타자네."

구현진은 마운드를 내려가 로진백을 툭툭 건드렸다. 한계 투구수 30개는 진작 넘은 상태였다.

하지만 구현진은 한계 투구수를 생각할 겨를이 없었다. 지금 이 상황에서 다른 누군가에게 마운드를 넘겨준다는 생각은 눈곱만큼도 하지 않았다.

오직 앞에 있는 타자에게만 집중했다. 하지만 김도헌은 마지막까지 구현진을 도와주지 않았다.

"젠장."

결국, 구현진은 풀 카운트에 몰렸다. 그러자 북대구고 강경호 감독이 팔짱을 풀며 흐뭇하게 웃었다.

"그렇지. 잘하고 있어."

옆에 있던 김종호 코치가 말했다.

"어떻게 이번에도 치지 말라고 할까요?"

"흠…… 계속 치지 말라고 해봐. 왠지 저 녀석 유인구를 던질 것 같아."

"알겠습니다."

김도헌은 김종호 코치의 사인을 받고 고개를 끄덕였다. 그리고 긴장한 얼굴로 타석에 들어섰다. 마운드에 있는 구현진은 또다시 생각에 잠겼다.

'현진이 형이라면 어떻게 했을까? 그래. 타자가 노리고 있는데 분명 스트라이크는 던지지 않았을 거야. 그렇다면 바깥쪽으로 휘는 서클 체인지업밖에 없어.'

장만호는 스트라이크로 들어오는 포심 패스트볼 사인을 보냈다. 그러자 구현진이 고개를 가로저었다.

'아니야.'

장만호가 서클 체인지업 사인을 보내자 그제야 고개를 끄덕였다.

'하여간 그놈의 배짱하고는⋯⋯. 좋아! 던져봐!'

장만호가 포수 미트를 들었다. 구현진이 공을 단단히 움켜쥔 후 힘껏 던졌다. 공이 똑바로 날아가다가 홈 플레이트 앞에서 바깥쪽으로 흐르며 떨어졌다.

"스⋯⋯."

주심이 손을 올리려고 하는 찰나 멈칫했다. 장만호가 걷어 올린 미트가 살짝 흔들린 것이다. 주심은 올렸던 손을 내리고 자세를 풀었다. 덩달아 장만호의 고개가 돌아갔다.

"스트라이크죠?"

"아니, 볼!"

김도헌이 볼을 듣자 곧바로 방망이를 내려놓고 1루로 뛰어갔다. 장만호는 실망한 얼굴로 한숨을 푹 내쉬었다. 그 모습을 지켜본 김명환 감독이 아쉬움을 나타냈다.

"만호 저 녀석, 미트질을 서둘렀어. 그냥 있었으면 스트라이크로 받아낼 수 있었을 텐데."

김명환 감독은 어쩔 수 없다며 마운드에 올랐다.

"현진아, 힘드냐?"

"아니요, 감독님."

"안 힘들어? 상황은 많이 힘들어 보이는데."

말은 그렇게 하면서도 김명환 감독은 구현진을 탓할 수 없었다. 어쨌든 상황이 이렇게 된 것은 실책에 의해서였기 때문이었다. 게다가 구현진의 구위는 아직 괜찮았다.

"바꿔줄까?"

"아니요, 감독님. 제가 마무리 짓고 싶어요."

"여기서 안타 맞으면 우리 지는 거 알지?"

"안 맞아요. 깔끔하게 처리하겠습니다."

"만약 맞으면?"

"그땐…… 어쩔 수 없죠."

구현진이 피식 웃었다. 그 모습을 보고 김명환 감독이 작게 한숨을 내쉬었다.

"알았다. 어쨌든 이번 이닝은 너에게 맡긴다고 했으니까. 믿어보마."

김명환 감독이 어깨를 두드리고 마운드를 내려갔다. 장만호가 미안한 얼굴로 말했다.

"미안하다. 아까는 내가 너무 서둘렀다."

"됐어, 인마!"

"이제 어떻게 할래? 계속 맞혀 잡을래?"

구현진이 대답 대신 공을 단단히 움켜쥐었다. 그리고 뭔가를 결심하듯 눈을 치뜨며 장만호를 보았다.

"만호야, 이제 내가 공을 좀 세게 던질 거야."

"세게?"

"정신 똑바로 차리고 잡아라."

"됐다, 마! 내가 설마 네 공 하나 못 잡겠나."

"장난 아니고 진짜 세게 던질 거라고."

"세게 던져! 누가 뭐라냐? 왜? 한 160㎞/h 던지게?"

"그 정도는 아니지만, 암튼 세게 던질 거야."

"헐. 치아라, 마! 무사 만루라고 농담 따먹기 하냐? 하나도 안 웃기거든! 쓰잘데기없는 소리 말고 정신 바짝 차리고 던져!"

장만호가 말을 하고는 마운드를 내려갔다. 그를 보고 구현진이 가볍게 웃었다.

"만호야, 나 진짜 세게 던진다."

· 5장 ·
전력투구

I.

구현진이 다시 마운드의 흙을 골랐다. 살짝 흐트러진 호흡도 안정을 찾았다. 투구판 근처 흙을 스파이크로 팍팍 쳐내 단단히 다졌다.

"이거 재활코치님한테 미안해지네."

재활코치는 혹시라도 모르니까 전력투구는 하지 말라고 신신당부했다. 적당히 몸에 긴장감이 올라왔을 때, 조금씩 구속을 올리는 것이 훨씬 좋은 방법이라고 했다.

그래서 구현진은 여태까지 전력투구를 해본 적이 없었다.

"갑자기 현진이 형이 했던 말이 떠오르네."

"구속에 신경 쓸 필요는 없지만, 어느 순간이 되면 구속을 올려야할 때가 와! 그때가 되면 알아서 따라 올라오더라."

구현진은 유현진이 했던 저 말이 딱 지금이라는 것을 알았다.

"그래, 지금이 구속을 끌어 올릴 때야!"

구현진이 자세를 잡고 장만호를 바라보았다. 그리고 천천히 호흡을 골랐다.

"후우. 현진아 할 수 있다! 현진아, 할 수 있어!"

구현진이 주문을 외우듯 중얼거렸다. 그 사이 장만호의 시선이 박여완에게 향했다. 3번 타자 박여완의 눈빛도 사뭇 달라져 있었다.

'저번 타석에 삼진! 이번에 홈런! 이 얼마나 드라마틱한 전개냐.'

박여완도 지금이 승부의 분수령이 될 것이라고 확신했다. 그리고 오늘 경기의 주인공이 되고 싶었다. 박여완은 움켜쥔 방망이에 잔뜩 힘이 들어갔다.

장만호가 다리 사이로 사인을 보냈다. 초구는 바깥쪽에 꽉 찬 포심 패스트볼이었다.

'그래, 어디 네가 말한 대로 세게 한번 던져봐!'

장만호가 미트를 들었다. 구현진이 길게 숨을 내뱉은 후 천천히 와인드업을 하였다. 그 전까지 세트 포지션에서 투구를 해 왔지만 무사 만루인 지금은 굳이 그렇게 던질 필요가 없었다.

'자, 간다!'

구현진이 장만호의 미트를 향해 힘껏 공을 던졌다.

후앗!

공이 일직선으로 날아갔다.

'왔다!'

박여완도 힘차게 방망이를 돌렸다.

딱!

공은 방망이 끝에 맞으며 파울이 되었다. 박영완의 손이 찌 릿찌릿했다.

'크윽, 묵직한데.'

박영완이 상기된 얼굴로 구현진을 바라봤다.

하지만 구현진은 눈 하나 까딱하지 않고 곧바로 2구째 공을 던졌다.

후앗!

이번에도 같은 코스로 들어가는 예리한 서클 체인지업을 던 졌다. 하지만 집중력을 가진 박여완이 그것마저 쳐내며 파울 이 되었다.

'체인지업이 눈에 들어왔어.'

박여완은 계속해서 구현진의 투구를 지켜보았다. 특히나 체인지업을 집중적으로 지켜본 덕분에 체인지업의 움직임이 어느 정도 눈에 익었다.

'자! 이제 몸 쪽으로 들어오겠지?'

박여완이 전 타석에 몸 쪽 체인지업에 삼진당했던 것을 떠올렸다. 그래서 이번에도 몸 쪽으로 떨어지는 체인지업일 거로 생각했다.

박여완의 예상대로 장만호의 사인은 몸 쪽이었다. 구현진이 투구 동작을 취했다.

'저 녀석 눈빛을 보아하니 몸 쪽을 노리고 있구나.'

구현진 역시 박여완이 자신의 몸 쪽 체인지업을 노리고 있다는 것을 알았다. 그렇다고 피할 생각도 없었다. 구현진이 오른 다리를 올려 힘차게 내뻗었다. 그리고 손끝으로 공을 낚아채며 던졌다.

후아앗!

그런데 공이 타자 얼굴 쪽으로 향해 날아갔다. 눈높이로 날아들자 박여완은 자기도 모르게 방망이가 따라 나갔다.

펑!

"스트라이크 아웃!"

"뭐야?"

박여완이 방망이를 돌린 후 깜짝 놀랐다. 자기 스스로 헛스윙을 해놓고 어떻게 된 일인지 전혀 모르는 듯했다.

"뭐냐니, 삼진이지!"

장만호가 씨익 웃으며 자리에서 일어났다. 그리고 전광판을 향하는데 구속이 148㎞/h으로 찍혀 있었다.

"점마, 저거 뭐지?"

장만호가 고개를 갸웃하며 구현진에게 공을 던져주었다. 공을 건네받은 구현진이 씩 웃었다. 그러면서 슬쩍 고개를 돌려 전광판의 구속을 확인했다.

"148㎞/h? 저것밖에 안 나왔어?"

구현진이 다소 실망한 얼굴로 중얼거렸다. 구현진은 내심 150㎞/h은 넘겼으면 하는 바람이었다.

하지만 구현진의 148㎞/h는 엄청난 속도였다. 원래 이전까지 구속은 142㎞/h, 143㎞/h 이렇게 나왔다. 순식간에 5㎞/h가 뛰어버렸다.

그나마 다행인 것은 '아직 내 어깨가 죽지 않았구나.'라는 안도와 '이제 나도 더 빠른 공을 던질 수 있지 않을까?'라는 기대였다. 구현진이 자신의 구속을 확인하는 사이 북대구고의 4번 타자 이동희가 타석에 들어섰다.

구현진은 3번 타자를 헛스윙 삼진으로 잡은 뒤 자신감에 차올랐다. 생각만큼은 아니지만, 공의 구속이 올라가니 누구든 상대할 수 있을 것 같았다.

'자, 이번엔 뭐냐?'

구현진이 장만호를 바라봤다. 장만호가 기다렸다는 듯이 사인을 냈다.

구현진은 군말 없이 고개를 끄덕였다. 그리고 장만호의 미트를 향해 힘껏 공을 던졌다.

후앗!

구현진의 손을 빠져나간 공이 바깥쪽으로 향해 날아갔다. 이동희는 저번 타석과 달리 공이 갑자기 쭉 뻗어서 오자 타이밍을 잡지 못하고 헛스윙을 했다.

'공이 갑자기 쭉 뻗어오는 것 같은데?'

이동희가 머리를 흔들며 다시 타석에 들어섰다. 2구 역시 바깥쪽으로 포심 패스트볼이 들어왔다. 초구와 달리 약간 바깥으로 빠지는 공이었지만 그 공에 이동희의 방망이가 따라나갔다.

"젠장!"

2스트라이크!

구현진은 상대가 자신의 포심 패스트볼을 전혀 건드리지 못하자 더욱 신이 났다.

'하나 더 던질까?'

그러자 장만호가 구현진을 정신 차리게 만들었다.

'쓰잘데기없는 소리 말고 체인지업을 던져!'

장만호가 체인지업을 사인을 내자 구현진이 약간 아쉬워했다. 하지만 장만호의 사인을 믿고 던지기로 했다.

'그래, 아직 경기가 끝나려면 멀었어. 정신 차리자!'

그리고 호흡을 가다듬은 후 장만호의 미트를 향해 체인지업을 던졌다.

똑같은 투구, 똑같은 코스. 이동희는 당연히 이건 포심 패스트볼이라고 생각했다. 게다가 공도 더욱 빨라져 타이밍을 앞에 두었다.

그런데 갑자기 속도가 뚝 떨어지며 바깥으로 흘러나갔다. 이미 방망이가 나가고 있어 거둬들일 수도 없었다.

"어어어어……."

퍼엉!

"윽!"

이동희는 단발의 비명을 남기며 헛스윙 삼진으로 물러났다.

"좋았어!"

구현진이 주먹을 쥐며 소리쳤다.

"나이스 삼진!"

"나이스 볼!"

"멋지다, 구현진!"

"이 기세로 나머지 한 타자도 삼진으로 잡자!"

내야수들의 표정이 조금 풀어졌다. 두 타자 연속 3구 삼진으로 물러난 북대구고의 더그아웃은 찬물을 끼얹은 듯 조용해졌다.

북대구고의 강경호 감독의 얼굴이 점점 일그러졌다. 그런 강경호 감독을 놀리듯 장만호가 일어나 검지와 새끼손가락을 펼치며 흔들었다.

"투아웃! 투아웃! 집중하자!"

대기타석에 있던 5번 지명타자 현원회는 타석에 들어섰다. 그는 눈을 매섭게 뜨며 구현진을 노려보았다.

구현진이 사인을 받고 공을 던졌다. 그런데 너무 느린 초 슬로우 커브였다. 전광판에 찍힌 구속도 100㎞/h밖에 되지 않았다.

빠른 공에 대처하고 있던 현원회가 갑자기 초구에 슬로우 커브가 날아오자 꼼짝도 할 수 없었다.

퍽!

"스트라이크!"

"빌어먹을!"

현원회는 허를 찌른 볼 배합에 살짝 당황했다. 원래 현원회가 예상했던 볼 배합은 포심, 체인지업 그리고 포심. 이런 식이었다.

그런데 갑자기 초구부터 슬로우 커브가 들어오자 머릿속이 복잡해졌다.

'이러면 뭐가 들어올지 모른다는 거잖아!'

그사이 사인을 마친 구현진이 2구째 공을 던졌다. 2구는 바깥쪽 흘러나가는 포심 패스트볼이었다.

퍼엉!

"스트라이크!"

현원회는 이번 공에도 반응하지 못했다. 전광판에 찍힌 구속은 143㎞/h였다. 앞서 슬로우 커브를 봐서 그런지 143㎞/h의 구속이 평소보다 훨씬 빠르게 느껴졌다.

"미치겠네……"

현원회가 타석을 벗어나며 방망이로 자신의 헬멧을 툭툭 건드렸다. 방금 공을 놓친 것에 대한 자책이었다.

'잡생각이 많았어. 잡생각이. 집중하자!'

현원회도 마음을 다잡고 타석에 섰다. 구현진이 공을 건네받고 투구판을 밟았다. 2구는 몸 쪽 바짝 붙이는 포심 패스트볼이었다. 장만호가 몸 쪽으로 바짝 당겨 앉았다.

'간다!'

구현진이 힘껏 공을 던졌다.

후앗!

현원회의 몸 쪽으로 깊숙이 파고드는 공이 날아들었다. 현원회는 자신도 모르게 방망이를 잡아당겼다. 그런데 슬로우 커브의 영향 때문인지 타이밍이 조금 늦었다.

딱!

방망이 손잡이 부근에 맞은 공이 높이 치솟았다. 그리고 3루 측으로 들어가는 파울이 되었다. 2스트라이크 1볼이 상황에서 장만호가 체인지업 사인을 냈다. 그러자 구현진이 고개를 흔들었다.

'이거 말고? 그럼 이거?'

장만호가 손가락 하나를 펼쳤다. 구현진이 씨익 웃으며 고개를 끄덕였다.

'새끼! 오냐, 박아 넣어라!'

그러면서 미트를 정중앙에 들었다. 구현진이 공을 단단히 움켜쥐었다. 그리고 장만호의 미트를 향해 이를 악물고 던졌다.

"이야압!"

퍼엉!

현원회의 방망이가 크게 돌아갔다.

공은 장만호의 포수 미트에 들어가 있었다. 그리고 전광판에 찍힌 구속은……

[150km/h]

"스트라이크 아웃!"

심판의 우렁찬 콜 사인과 함께 구현진이 포효했다.

"우오오오오!"

중계 해설진도 놀라고 있었다.

-구현진, 150㎞/h로 삼진입니다. 삼진! 세 타자 연속 삼진으로 자신이 만든 위기를 스스로 벗어납니다.

-대단하네요, 구현진 선수!

더그아웃으로 돌아온 구현진은 수건으로 땀을 닦았다. 오랜만에 던진 전력투구에 살짝 흥분되었다. 게다가 원래 정했던 한계 투구수 30개를 훨씬 넘긴 상태였다. 그런데도 어깨와 팔꿈치의 통증은 전혀 느껴지지 않았다.

"이야, 150㎞/h라니. 뭐꼬, 인마!"

장만호가 다가와 호들갑을 떨었다.

"뭐긴 뭐! 기본 아니야?"

"새끼, 잘난 척하기는……."

구현진이 장만호와 얘기를 나누고 있는 사이 김명환 감독이 다가왔다.

"팔은 어때?"

"팔팔해요. 9회에도 나갈 수 있어요."

"아니야. 넌 여기까지야."

이번엔 김명환 감독이 단호하게 선을 그었다.

"아니에요. 저 더 던질 수 있어요."

"됐어. 창식이 몸 다 풀었다. 뒷일은 창식이한테 맡겨!"

김명환 감독이 말을 한 후 자리로 돌아갔다. 솔직히 구현진은 9회까지 던지고 싶었다. 한계 투구수를 정해놨지만, 전혀 통증도 없었다.

그렇다면 좀 더 공을 던지면서 구속을 올리고 싶었다. 하지만 감독이 여기까지라고 하니 어쩔 수 없었다.

"이길 수는 있겠지?"

"그래. 창식이 녀석을 믿어봐라. 내가 리드 잘해볼게."

"그래서 더 불안해."

"뭐라꼬?"

그때였다!

딱!

경쾌한 방망이 소리가 들려왔다. 현진과 장만호의 고개가 동시에 돌아갔다. 자리에서 벌떡 일어나 공을 쫓았다. 공은 좌측 펜스에 꽂히는 솔로 홈런이 되었다.

"누구야? 누가 쳤어?"

구현진이 홈런을 친 녀석을 보았다. 그러자 1루 베이스를 밟으며 오른손을 올린 석정우가 있었다.

"저 새끼……."

구현진의 입가에 미소가 스르륵 번졌다. 진우의 저 홈런으로

8회 초 두 개의 실책이 순식간에 사라졌다. 석정우가 더그아웃으로 들어오자 선수들이 쏜살같이 달려가 머리를 두드렸다.

"야! 이제야 덩치 값 했네."

"잘했어!"

석정우가 입가에 미소를 지으며 선수들과 하이 파이브를 나눴다. 그리고 마지막으로 구현진 앞에 섰다.

"선배님, 약속 지켰습니다."

"그래!"

구현진이 손을 들었다. 석정우가 씨익 웃으며 구현진과 하이 파이브를 했다.

2.

부산 제일고의 9회 초 공격이 끝났다. 9회 초 석정우의 솔로 홈런으로 다시 한 점을 달아나 6-4로 앞서고 있었다. 구현진을 대신해 마무리 투수 김창식이 마운드에 올랐다. 연습 투구하는 모습을 보며 구현진이 두 손을 모았다.

"제발, 잘 막아주라. 제발!"

구현진이 혼잣말을 중얼거렸다. 그런 구현진의 기도가 통했을까? 대구고의 6번 타자 신중우를 삼진으로 잡으며 첫 번째 아웃카운트가 만들어졌다.

"그렇지!"

구현진이 손뼉을 치며 김창식의 힘을 북돋아 주었다. 그다음 7번 타자 김태우를 2루 땅볼로 처리할 때도 구현진이 손뼉을 치며 외쳤다.

"좋아, 그거야!"

그런데 8번 대타 위동우에게 우익수 반면 깊숙한 3루타를 맞았다. 순식간에 구현진의 표정이 굳어졌다. 당황한 김창식은 9번 타자 서상호를 몸에 맞는 공으로 1루에 진출시켰다.

2사 1, 3루가 되자 구현진이 더욱 초조해졌다. 그리고 북대구고의 상위타선으로 이어졌다.

북대구고는 꺼져가던 불씨가 다시 살아나자 점점 응원 소리가 올라갔다. 그 응원이 힘이 됐는지 이영우가 우익수 앞 안타를 치며 3루 주자를 불러드렸다.

북대구고가 1점을 쫓아가 6 대 5가 되었다. 게다가 1루 주자는 3루까지 내달렸다. 다시 2사에 1, 3루 찬스가 이어진 것이다. 이제 안타나 폭투가 이어지면 동점 내지는 역전을 당할 위기에 몰렸다.

"미치겠네. 아웃카운트 하난데. 하나만 잡으면 되는데……."

구현진의 표정이 점점 굳어졌다. 그때 마운드에 있는 김창식과 눈이 마주쳤다. 구현진은 억지 미소를 지으며 침착하게 하라고 손짓을 했다.

"괜찮아, 괜찮아. 침착하게. 알았지?"

김창식이 고개를 끄덕인 후 호흡을 골랐다. 구현진은 다시
두 손을 모으며 중얼거렸다.

"제발, 제발, 제발……."

그때였다.

딱!

방망이 소리가 들리고 구현진이 고개를 들었다. 공은 3루
페어 방향으로 빠르게 날아갔다. 게다가 3루는 오늘 두 개의
실책을 범한 석정우가 있었다.

"진우야……."

구현진이 저도 모르게 석정우를 불렀다. 그런데 석정우가
덩치에 안 맞게 재빠른 동작으로 다이빙 캐치를 하였다.

좌라락!

마치 슬라이딩을 하는 듯 글러브를 쥔 손을 뻗었다. 자욱한
먼지가 일렁거렸고, 석정우가 재빨리 고개를 들어 외야 쪽으
로 시선을 돌렸다.

"뭐야? 공은?"

그런데 외야수가 움직이지 않고 있었다. 공 또한 보이지 않
았다. 석정우는 설마 하는 마음에 자신의 글러브 속을 보았
다. 그곳에 하얀 공이 들어 있었다.

"어어어……."

석정우의 표정이 환해지며 글러브를 높이 들었다.

"아웃!"

3루심이 곧바로 아웃을 외쳤고, 경기가 끝이 났다. 부산 제일고는 환호성을 지르며 운동장을 뛰쳐나왔다. 구현진은 석정우를 보며 환한 미소를 지었다.

"새끼, 끝까지 사람을 조마조마하게 하네."

6장

변화

I.

16강을 승리로 장식한 부산 제일고 선수단은 허름한 삼겹살 집에서 조촐한 파티를 열었다. 20여 명의 선수와 감독, 코치가 식당을 가득 채웠다. 김명환 감독이 자리에서 일어났다.

"자! 오늘 수고했고, 다음 경기도 잘하자!"

"넵!"

"그래. 고기는 충분히 있으니까 마음껏 먹고!"

"네, 감독님! 잘 먹겠습니다."

"오냐!"

김명환 감독은 흐뭇한 얼굴로 선수들을 바라보았다. 그러곤 구현진에게 다가갔다.

"어깨는 괜찮냐?"

"네, 괜찮아요."

"오늘 너무 무리한 거 아니냐?"

"전혀요. 어깨도 아프지 않고. 그냥 오랜만에 던져서 그런지 약간 뻐근한 정도예요."

"그래도 내일 병원 한번 가봐라."

"네."

김명환 감독은 구현진의 어깨를 가볍게 두드리고는 다시 자신의 자리로 돌아갔다. 구현진이 그 모습을 보고 피식 웃었다.

"그러고 보면 감독님도 은근히 잘 챙겨주셔."

"응? 뭐라고?"

옆에 앉아 있던 장만호가 쌈을 한 움큼 싸서 입에 욱여넣고 있었다.

"아, 아니야, 아니야! 많이 먹어."

구현지도 잘 익은 삼겹살을 기름장에 찍어 입으로 가져갔다. 그런데 생각해 보니 전국 대회 나갈 때마다 김명환 감독은 이렇듯 고기를 사주셨다.

'정말 그랬었지. 애들 먹는 양이 장난 아닐 텐데⋯⋯.'

구현진이 애들을 쭉 훑어보았다. 마치 배에 거지라도 들어 있는 것처럼 끊임없이 고기를 집어넣고 있었다.

'엄청나게 먹는구나.'

구현진은 문득 한 가지 사실을 떠올렸다. 감독님은 언제나 본인 카드로 계산하셨다. 물론 후원금이 조금씩 들어오지만, 그것으로는 혈기왕성한 녀석들의 식성을 다 충족시켜 주지는 못했다.

그래서 이런 자리마다 감독님은 사비로 충당해야만 했다. 정말 그때는 그것이 당연하다고 생각했었다. 하지만 지금에 와서야 생각해 보니 감독님은 항상 우리를 챙겨주고 계셨던 것이다.

'감독님 월급도 얼마 되지 않을 텐데……'

그때 눈치 없는 장만호가 손을 번쩍 들었다.

"이모! 여기 고기 5인분 추가요!"

"야야, 3인분만 시켜! 3인분만! 남긴다니까."

그러자 장만호가 고개를 홱 돌리며 구현진을 노려보았다.

"왜 그러냐? 먹는 거 가지고 치사하게."

"야! 넌 눈치 좀 있어라!"

"내가 뭐?"

"으그……."

구현진은 답답한지 고개를 절레절레 흔들었다. 그 후로 다른 테이블에서도 고기 3인분을 추가하는 소리가 들려왔다. 그 모습을 보고 김명환 감독이 말했다.

"그래, 그래. 많이들 먹어라!"

김명환 감독의 표정이 굳어지며 지갑을 몰래 꺼내 확인했다.

"이 돈으로 모자라겠는데……."

그 중얼거림을 들었을까? 옆에 있던 코치가 웃으며 말했다.

"오늘은 제가 살게요."

"무, 무슨 소리! 내가 내!"

"에이, 그동안 감독님이 계속 내셨잖아요. 이번에는 제가 내겠습니다."

"그, 그럴래?"

"네!"

"자네가 그렇게 나온다면야……. 어험!"

김명환 감독은 서둘러 술잔을 들어 입으로 가져갔다. 그러자 곧바로 코치가 빈 잔에 술을 채웠다. 구현진은 한숨을 내쉬며 고개를 흔들었다.

"에고, 철없는 것들!"

구현진은 고기 몇 점을 더 집어 먹고는 젓가락을 내려놓았다. 그리고 내일 경기에 대해 생각했다.

'내일 선발은 누구지? 영철이겠지?'

구현진이 장만호를 바라보았다. 장만호는 여전히 고기 먹는 것에 집중하고 있었다.

"으구, 고기 못 먹어서 죽은 귀신이라도 붙었나."

구현진이 정신없이 고기를 먹고 있는 장만호를 툭 쳤다.

"야!"

"아, 왜?"

"내일 선발 누구야?"

"내일 선발? 아마 수민일걸!"

"뭐? 이수민? 영철이가 아니고?"

"뜬금없이 영철이는 무슨."

"왜? 영철이 잘하잖아."

"그 녀석은 공 던진 지 얼마 안 됐어! 그런데 선발은 무슨 선발이고!"

"아닌데, 영철이어야 하는데……."

구현진의 시선이 김영철에게 향했다. 김영철은 구석에서 커다란 상추쌈을 입에 가져가고 있었다.

"어? 저 자식 조만간 폭풍 성장하는데……."

"폭풍 성장? 너 지금 무슨 헛소릴 하노! 저렇게 조그마한 애를 가져다. 아직 한참 멀었다."

장만호가 고개를 절레절레 흔들었다.

"그보다 수민이는 왜 선발이야?"

구현진은 약간 당황한 얼굴로 물었다.

"올해 여름부터 타자에서 선발 투수로 전향했거든."

"그래?"

원래 이수민은 2루수로 부산 제일고에 들어왔다.

"수민이가 중학교 때 투수 했잖아. 그래서 작년 말쯤부터 투수로 전향했어. 투수가 부족했잖아."

"설마 나 때문에?"

"너 때문은 아니고. 수민이도 원래 투수하고 싶어 했어."

"그래?"

구현진은 솔직히 의외였다. 원래 투수이긴 하지만 오히려 타자로서 더 잘했기 때문이었다.

"그보다 어때? 구속은 좀 나오나?"

구현진의 물음에 장만호가 한숨을 내쉬었다.

"하아, 쟈가 살이 안 쪄! 살을 좀 찌우면 구속이 나올 것 같은데…… 아마 140㎞/h도 나오지 않을 거야. 뭐, 정확하게는 재봐야겠지만."

구현진의 시선이 이수민에게 향했다. 이수민은 밥은 먹는 둥 마는 둥 하고 있었다.

'140㎞/h도 안 나온다고? 내일 잘 던질 수 있을까?'

구현진은 걱정되었다.

아직 2학년이긴 하지만, 얼마 있지 않으면 3학년에 올라간다. 하지만 프로에 갈 준비를 해야 하는데 아직 140㎞/h도 나오지 않는다면 좀 위험해 보였다.

물론 투수에게 구속이 절대적인 건 아니었다. 하지만 어느 정도 구속이 받쳐줘야 다른 구종이 힘을 발휘하는 법이었다.

'수민이는 잘할 수 있을까?'

구현진은 잔뜩 걱정된 얼굴로 이수민을 바라보았다.

2.

다음 날.

장만호가 말했던 대로 이수민이 선발로 나섰다. 구현진은 잔뜩 긴장한 얼굴로 이수민을 지켜보았다. 생각보다 공이 빠르지는 않지만, 제구력을 바탕으로 선전하고 있었다.

그런데 타순이 한 바퀴 돈 이후부터 안타를 맞기 시작했다. 급격히 흔들린 이수민은 타자일순의 수모까지 겪으며 8점을 내주고 무너지고 말았다. 하지만 김명환 감독님은 투수를 교체하지 않았다.

"선발이라면 5회까지 책임을 져야지!"

그 한마디 때문에 이수민은 4회에도 마운드에 올랐다. 그나마 다행인 것은 기본기를 중요히 여겼던 감독님 덕분에 수비로 많은 점수를 막아냈다는 것이다. 만약 수비마저 무너졌다면 5회 콜드게임으로 졌을 것이다.

하지만 부산 제일고의 방망이도 무디진 않았다. 한 명이 살아 나가면 번트로 진루시키고, 안타로 득점을 시켰다. 이렇듯 한 점, 한 점 차곡차곡 쫓아갔다.

부산 제일고 타자들이 5점을 쫓아가 8-5가 된 상황이었다. 5회 초가 끝나고 이수민이 힘든 표정으로 더그아웃으로 왔다. 김명환 감독이 그런 이수민을 보며 고개를 끄덕였다.

"고생했다. 여기까지만 던지자!"

"아닙니다. 더 던지겠습니다."

"넌 할 만큼 했어. 가서 쉬어."

"⋯⋯네."

이수민이 힘없이 구석 쪽으로 가서 털썩 주저앉았다. 그리고 갑자기 서러움이 북받쳐 오르는지 눈물이 흘러나왔다.

"흐흑, 나 때문이야. 나 때문에 질 거야!"

이수민의 흐느낌이 구현진의 귓가에까지 들려왔다. 구현진은 참다못해 이수민에게 다가갔다.

"수민아, 울지 마."

"됐어, 저리 가!"

이수민이 신경질적인 반응을 보였다. 그러자 구현진의 표정이 굳어졌다.

"왜 울어?"

"⋯⋯."

"네가 못해서 우는 거야, 아니면 져서 우는 거야?"

구현진의 말에 이수민이 고개를 들었다.

"하고 싶은 말이 뭔데?"

"네가 못해서 우는 거라면 이해해! 스스로 화가 나서 그러는 거라면 그것도 이해해. 하지만 경기에 져서 우는 거라면 그건 아니야. 잘못된 거야. 넌 다들 이기려고 열심히 하는 게 보이지 않아? 벌써 다 진 것처럼 울고 있으면 다른 사람들은 어떻게 생각하겠어?"

"그래서 뭐? 나보고 어쩌라고?"

"그렇게 울고만 있지 말고 고개 들어. 그리고 선수들 경기하는 거 보라고."

"크윽!"

"다른 투수들은 어떻게 던지는지 봐야, 너도 성장할 거 아니야. 언제까지 덩치에 안 맞게 질질 짜고 있을래!"

구현진의 핀잔에 이수민의 얼굴이 붉어졌다. 차라리 '너 때문에 지게 생겼어. 그게 뭐야? 좀 잘 던져봐!'라고 대놓고 말했다면 화를 내고 넘겼을 것이다. 하지만 지금 구현진이 한 말은 감독이나 코치가 할 법한 질책이었다.

"네가 뭔데 나한테 이래라저래라 하는 거야!"

이수민이 빽 소리를 지르고는 더그아웃 뒤쪽으로 가버렸다.

"저 자식이……."

구현진이 막 이수민 뒤를 따라가려는데 장만호가 붙잡았다.

"수민이한테 왜 그래?"

"저렇게 나약해서는 답도 없어."

"수민이도 좋아지겠지."

"너도 수민이 생각하면 그렇게 말하면 안 돼! 그렇잖아, 우리 내년이면 3학년이라고. 내년부터 치러질 전국 대회를 어떻게 치르느냐에 따라서 프로에 갈지 말지 정해지지 않아? 모두가 잘해야 이길 거 아냐. 만약 수민이가 계속 이런 식으로 못하면, 내년 가서 저 녀석 탓으로 돌릴 거야?"

"그런 건 아니지만……."

"모두 프로 가는 게 꿈이잖아. 그러려면 열심히만 해서는 안 돼! 나아져야지! 물론 만호, 네 말도 맞아. 그런데 후회만 하면 뭐가 남아? 그 실수를 밑그림 삼아 노력을 해야 할 것 아냐. 경기를 보고 뭐가 부족한지에 대해 생각해야지. 또한, 패배를 스스로 받아들일 줄도 알아야 하고, 그걸 통해 배워야 하지 않아?"

구현진은 이수민이 잘 못 던져서 화가 난 것이 아니었다. 그 뒤의 행동 때문에 못마땅한 것이었다.

야구는 때론 질 수도 있고, 이길 수도 있다. 다만 오늘처럼 이수민이 실점을 많이 해서 패배의 위기에 몰렸다면 그 속에서 뭔가 배웠으면 하는 바람이었다.

그런데 점수를 많이 줬다고 구석에 앉아 질질 짜는 모습은 정말 꼴불견이었다. 그런 와중에도 선수들은 점수를 뽑기 위해 열심히 뛰고 있었다.

그렇다면 점수를 내줬던 것을 잊고, 동료들을 응원하고 격

려해 주면서 팀에 힘을 북돋아 줘야 옳았다. 그게 팀플레이였
다. 구현진은 그런 걸 통해서 또 한 단계 성장할 수 있다고 생
각했다.

"솔직히 내년부터 전국 대회 나가면 투수가 우리 셋밖에 없
잖아. 수민이가 정신 안 차리면 전국 대회에서 어떻게 헤쳐 나
가? 전국 대회는 2, 3일 간격으로 하는데."

구현진은 내친김에 직설적으로 말을 쏟아냈다. 장만호도 구
현진이 무슨 말을 하는지 이해했다.

하지만 구현진은 감독도 아니고 코치도 아니었다. 그냥 같
은 선수면서 동료일 뿐이었다. 그렇다면 좀 더 따뜻한 말을 먼
저 해주었으면 하는 생각이었다.

"알겠다. 네가 무슨 말을 하는지 알았어. 일단 경기 끝나고
얘기하자."

장만호가 자리에 앉았다.

"젠장."

구현진도 모두가 있는 자리에서 열을 낸 것에 대한 미안함
이 있었다. 그래도 구현진은 이수민의 행동이 옳지 않다고 생
각했다.

결국, 부산 제일고는 11 대 6으로 졌다. 열심히 쫓아가기는
했지만, 초반에 8점 내준 것이 컸다. 김명환 감독이 선수들을
모아놓고 말했다.

"오늘 수고했다. 올해 마지막 경기라서 오래 하고 싶었지만, 여기까지라서 어쩔 수 없구나. 하지만 다들 잘 싸워줬으니까, 기죽지 말고! 다음 대회를 또 준비하자."

"넵!"

"그래. 밥 먹으러 가자!"

부산 제일고 선수들은 백반집으로 가서 간단하게 김치찌개로 저녁을 대신했다. 저녁 식사는 매우 조용했다. 수저와 젓가락 오가는 소리밖에 들리지 않았다.

그리고 식사를 다 마친 후 모두 버스에 올라타서 학교로 향했다. 구현진은 버스 창문 밖을 바라보며 생각에 잠겼다.

'예전에 우리 학교가 이렇게 못 했었나?'

구현진이 과거의 기억을 끄집어냈다. 예전에 구현진이 던졌을 때는 이렇듯 호락호락하지 않았다.

'이 정도는 아니었는데……. 물론 내가 좀 많이 던지긴 했지만, 그때 수민이도 타자로 제법 했고 말이야.'

원래는 구현진이 에이스 역할을 해주었다. 그렇기 때문에 이수민이 굳이 투수로 전향할 필요가 없었다.

그런데 구현진이 빠져 버리자 모든 것이 꼬여 버렸다. 김명환 감독이 세워놓았던 플랜이 어긋나 버린 것이다. 투수진을 새롭게 구성하려고 하다 보니 마땅한 투수가 없었다. 그렇다고 1학년을 다시 키울 수도 없는 노릇이었다.

그래서 어쩔 수 없이 이수민을 투수로 전향시킨 것이었다. 어쨌든 중학교 때까지 투수였기에 처음부터 다시 키우는 것보다는 낫다고 판단한 것이다.

"하아."

구현진은 한숨을 내쉬었다.

아무래도 이 모든 사달이 자신 때문에 일어난 일이라 생각했다. 자신이 수술을 받아서 타자였던 녀석이 투수가 되고, 장기적으로 꾸준히 키워야 할 1학년이 갑작스럽게 출전하게 되고 말이다.

'내 탓이야. 내 탓! 내가 수술을 받는 바람에……'

하지만 수술을 받지 않을 수는 없었다. 만약 수술을 받지 않았다면 과거와 똑같은 삶은 살게 되는 것이다. 그럼 과거로 회귀한 의미가 없었다.

'그보다 문제는 수민이야. 조만간 영철이가 치고 올라올 텐데……'

구현진은 지금 1학년인 김영철이 이번 겨울과 내년 봄 사이에 급성장했다. 덩치도 커지고, 그에 따라 구속이 몰라보게 늘어났다. 부산 제일고의 에이스 바통을 이어받을 재목으로 성장한 것이었다.

만약 그리되면 이수민은 어떻게 될까? 구현진이 그 생각에 미치자 머릿속이 복잡했다.

"하아……."

구현진이 절로 한숨이 나왔다. 다시 차창으로 시선이 갔다. 그러자 그곳에 비친 이수민이 눈에 들어왔다. 바로 자신의 뒷자리에 앉아 있었다.

구현진이 몸을 일으켜 이수민을 보았다. 이수민은 수첩을 보고 있었다. 경기 중에 느낀 것이 많았는지 뭔가가 잔뜩 적혀 있었다.

"뭐 해?"

구현진이 슬쩍 수첩을 보았다. 그러자 이수민이 화들짝 놀라며 수첩을 닫았다.

"뭐야?"

"그건 뭐냐?"

"몰라도 돼."

"자식, 잘할 거면서……."

"……."

구현진이 피식 웃었다. 이수민은 말없이 구현진을 노려보았다. 아무래도 더그아웃에서 있었던 일 때문에 아직 꽁한 상태였다.

구현진은 더 이상 말하지 않고 원래대로 자리에 앉았다. 그리고 찬찬히 생각해 보았다.

'현재 선발 투수진은 나, 정훈이, 이수민, 김영철. 이렇게 네

명이야. 창식이야 마무리고……. 영철이는 2학년으로 올라오면 급성장을 하게 돼. 그럼 선발 3자리 중 한 자리는 차지하겠지. 그럼 이수민이 문제인데…….'

이수민은 구현진 때문에 불가피하게 투수로 전향한 케이스였다. 그런데 3학년 올라와서 후배에게 선발 자리를 **빼앗기면** 어떤 기분이겠는가? 그렇다고 지금 다시 타자로 전향하라고 말할 수도 없었다.

그렇다면 방법은 하나였다. 이수민이 성장해서 당당히 선발 자리를 차지하고, 김영철이 불펜 대기를 하면서 실전 감각을 키우는 것이 최고의 시나리오였다.

'그래, 수민아. 네가 성장해야 해. 그래야 우리 팀이 좀 더 성장할 수가 있어. 내가 최선을 다해 도와줄게. 그것이 지금 내가 할 수 있는 일이라고 생각해.'

구현진은 차창에 비친 이수민을 다시 바라보았다. 이수민은 그때까지 수첩에서 손을 떼지 않았다.

3.

버스가 학교에 도착했다. 김명환 감독은 간단히 해산식을 했다. 선수들은 각자 집으로 돌아갔다. 구현진도 장만호와 함께 집으로 가려고 했다. 그런데 김명환 감독이 구현진을 불렀다.

"현진아."

"네, 감독님."

"나 좀 보고 가라."

"네."

장만호가 구현진 옆으로 갔다.

"어째? 기다려 줘?"

"아니, 먼저 가! 순정이 기다린다."

구현진의 시선을 따라 장만호가 고개를 돌렸다. 교문 앞에 이순정이 환한 얼굴로 손을 흔들고 있었다. 순간 장만호는 얼굴을 붉혔다.

"부끄럽게시리."

"부끄럽긴! 어서 가 봐."

"알았다, 아무튼 내일 보자."

"그래."

장만호가 손을 흔들며 교문으로 뛰어갔다. 구현진이 그 모습을 보며 피식 웃었다. 그리고 곧장 감독실로 향했다.

"차 줄까?"

"아뇨, 괜찮아요."

김명환 감독은 종이컵에 커피 한 잔을 타서 자리로 왔다. 구현진은 김명환 감독에게서 시선을 떼지 않았다.

'무슨 일로 불렀지? 재활에 관해서 물어볼 말이 있으시나?'

김명환 감독이 커피 한 모금을 마시고 구현진을 조용히 불렀다.

"현진아."

"네, 감독님."

"네가 동기를 챙기는 것은 좋은데. 수민이 입장을 먼저 생각했어야지. 오늘은 네가 좀 실수했어."

"어……."

구현진이 순간 당황했다. 절대 그러려고 한 것이 아니었다. 김명환 감독의 말이 계속 이어졌다.

"알아, 네가 무슨 생각을 하는지. 수민이를 자극하려고 하는 것은 좋아. 수민이가 많이 부족한 것도 맞아. 하지만 후배들이 있는 곳에서 동기를 그런 식으로 말하는 것은 좋지 않아. 다음에 그런 일이 있으면 애들 없는 데서 둘러서 말해. 알겠니?"

구현진은 순간 할 말을 잃었다. 이수민에게 했던 말은 야구부를 위함이었다. 그런데, 오히려 자신이 팀 케미스트리를 해치고 있었던 것이다. 김명환 감독님은 그것을 알고 구현진을 따로 불러 주의를 준 것이다.

구현진이 고개를 숙였다.

"감독님, 죄송합니다. 제가 주제넘었습니다."

"아니야. 그렇지 않아도 수민이가 경기 결과 때문에 많이 흔들리고 있어서 걱정을 많이 했어. 그냥 핀잔만 주지 말고, 따뜻한 말 한마디로 챙겨줘. 동기잖아."

"예, 제가 잘 챙기겠습니다."

"그래, 알았다. 나가봐라."

구현진이 인사를 하고 감독실을 나섰다. 학교 교문을 벗어나 집으로 향했다. 그러면서 깊은 생각에 잠겼다.

'내가 과거로 온 후 일이 너무 잘 풀렸어. 그래서 자만했던 거야.'

구현진은 과거로 와서 야구만 열심히 하면 될 줄 알았다. 솔직히 하는 일마다 너무 잘 풀렸다. 수술은 성공적이었고 유현진을 만나서 서클 체인지업도 배웠다. 그래서 자신이 뭔가 된 것처럼 느껴졌다.

솔직히 말을 하면 수술받고 1년 정도 충분히 쉬었다. 그러곤 복귀해서 한 경기 딸랑 잘 던져놓고 이러는 것도 웃긴 일이었다.

구현진은 자기가 없는 동안 이수민이 얼마나 많은 경기에 선발로 나섰는지 생각해 봤다. 어림잡아도 일고여덟 경기 정도는 등판했을 것 같았다.

게다가 2라운드도 이수민이 던져서 승리했다. 그렇지 않았다면 여기까지 올 수 없었을 것이다. 그런데 구현진은 이수민이 아무것도 안 한 것처럼 말했다. 그런 것을 생각하니 구현진

스스로가 부끄러워졌다.

"생각이 짧았어. 이건 진짜 반성해야겠다."

4.

구현진은 굳은 얼굴로 집 안에 들어섰다. 거실에는 아버지가 나와 계셨다.

"경기 졌다메."

"네."

"그래서 기분 안 좋나?"

"졌는데 기분 좋은 사람이 어디 있겠어요?"

"인마야! 꼴랑 경기 한 번 진 것 가지고 잔뜩 풀이 죽어 있음 우야노!"

"……"

"경기를 하다 보믄 이길 때도 있고, 질 때도 있제. 그렇다고 절대 딴 애들 탓하고 그람 안 된다. 그게 제일 꼴 보기 싫은기라."

"네에……"

구현진은 힘없이 대답한 후 자기 방으로 들어갔다. 방으로 들어온 구현진은 가방을 던져놓고 침대에 누웠다.

"후우, 아버지에게 혼나고, 감독님에게도 혼나고. 내가 참 속이 좁았네. 그냥 수민이에게 좋게 얘기해 줬으면 좋았을 텐데……."

구현진은 그러지 못한 것이 미안했다.

"아무래도 내일 가서 사과해야겠다."

구현진이 몸을 일으켜 거울을 쳐다봤다. 그곳에 비친 자신의 젊은 모습을 찬찬히 바라보았다.

"아무리 봐도 적응이 안 되네. 아무튼, 서른다섯 먹고도 속좁은 건 오늘 처음 알았네."

구현진이 피식 웃었다. 그 모습이 거울에 비쳤다.

"그런데 지금 이렇게 보니 나도 꽤 잘 생겼단 말이야."

구현진은 거울 속에 비친 자신의 얼굴을 이리저리 살피며 자화자찬했다.

다음 날 구현진은 곧장 이수민을 찾아갔다.

"야, 이수민."

"왜?"

이수민은 여전히 구현진에게 화가 나 있는지 보지도 않고 대답을 했다.

"어제 잘 잤어?"

"어……."

이수민은 대답한 후 자리에서 일어나 어딘가로 가려고 했다. 딱 봐도 구현진을 피하려고 하는 것 같았다.

"수민아, 잠깐만……."

"왜? 또 할 말 있나?"

"어제는 내가 미안했다."

이수민이 멀뚱멀뚱 바라보았다.

"뭔데? 이거?"

"아니, 저번 일에 대해서 사과한다고. 너도 많이 속상했을 텐데 내가 네 생각을 전혀 못 했어. 그냥 나는 경기에 지고 있는데 네가 우니까, 분위기도 처지고 해서 너 좀 달래려고 한 거였어. 그런데 의도치 않게 말이 좀 심하게 나갔다. 그 점은 진심으로 미안하다."

구현진이 사과하자 이수민도 어느 정도 기분이 풀렸다.

"나도 잘 안 울려고 하는데 그때는 감정 통제가 잘 안 됐어. 질 것 같으니까 억울하고 답답했거든. 그런데 뭐, 네 말도 틀린 건 아니야. 나도 반성하고 있어."

"그럼 내 사과 받아주는 거지?"

"됐어. 인마."

"그래. 그럼 우리 앞으로 잘해보자."

구현진이 손을 내밀었다. 이수민도 손을 내밀어 악수했다.

"그런데 수민이 너, 슬라이더 좋더라."

"에이, 좋긴. 너도 슬라이더 던지잖아. 내가 보기에는 네가 더 낫던데."

"아니야. 너 어제 슬라이더 정말 좋았어. 직구랑 슬라이더랑 구분이 안 되던데."

"야, 너 나 똥볼이라고 놀리는 거지? 구속 느리다고!"

"그만큼 네 슬라이더가 매력적이라는 거지."

"아, 그래?"

"그런데 너 슬라이더 횡으로 휘는 것 말고, 종으로 떨어지는 건 없어?"

구현진의 물음에 이수민이 눈을 크게 떴다.

"슬라이더가 종으로도 떨어져?"

"당연하지."

"가만, 종으로 떨어지면 스플리터 아냐?"

"아니야. 그립을 어떻게 잡는가에 따라서 종으로도 떨어져."

"그립?"

"그래. 내 생각에는 네가 슬라이더를 잘 던지니까 그립을 바꿔가면서 종으로 떨어지는 것까지 마스터하면 굉장히 잘할 것 같은데."

"그래? 그런데 너 그립 알아?"

"정확하게는 잘 모르지만 내가 전에 배웠을 때는 이랬거든."

구현진은 가방에서 공을 꺼내 그립 잡는 것을 보여주었다. 솔직히 구현진은 두 가지 구종의 슬라이더 그립을 알고 있었다. 혹시라도 이수민이 마음 상할까 봐, 모르는 척하며 알려주는 것이었다.

"와, 그렇게 잡는다고? 어떻게 그렇게 잡지?"

이수민이 그립을 잡아보려고 했다. 그러자 구현진이 곧바로 말했다.

"넌 손가락이 길어서 잘될 거야. 자! 이렇게 잡아봐."

"이렇게?"

"그래⋯⋯."

그 모습을 김명환 감독이 지나가면서 지켜보았다. 두 사람의 모습을 보고 절로 흐뭇한 미소가 지어졌다.

그때 장만호가 교실로 들어왔다. 장만호는 구현진과 이수민이 딱 붙어 있자 눈에 불을 켰다.

"뭔데, 뭔데! 니들 언제부터 그리 친했는데."

"언제부터 친하긴 원래 친했어!"

구현진이 능청스럽게 대답했다. 그러자 이수민도 동조했다.

"맞아!"

"그런데 수민아."

"어, 말해."

"어제 만호가 제일 못했다. 그치?"

"맞아! 만날 리드를 이상하게 해!"

"헉, 너도 느꼈어? 나한테도 만날 이상하게 리드해서 얼마나

고생했는데."

"그랬구나. 만호가 원래 상태가 안 좋잖아."

"맞아, 맞아."

두 사람은 옆에 있는 장만호를 놀려대며 좋아했다. 그럴수록 장만호의 얼굴은 붉으락푸르락해졌다. 그때 조정훈도 합류했다.

"야, 뭐가 그리 재미있는데? 나도 좀 끼워주라."

그렇게 한 명의 투수가 더 가세하며 장만호를 씹기 시작했다.

"아, 만호? 사실 나도 좀 그래……."

"헉, 정훈이 너마저……."

장만호는 울상이 되었다. 그 모습을 지켜보던 세 사람이 크게 웃음을 터뜨렸다.

"하하핫! 농담이야."

"그래. 농담이야, 만호야."

구현진이 장만호의 어깨에 팔을 둘렀다.

"울지 마."

"아니야. 진심으로 느껴졌어."

"자식 소심하기는!"

"뭐? 소심? 난 소심하고는 거리가 먼 사람이야!"

장만호는 또 언제 그랬냐는 듯 활기찬 얼굴로 바뀌었다.

"헉! 만호, 너 사이코지? 어떻게 울었다가 곧바로 얼굴을 바꿀 수가 있어?"

"운 거 아니고 우는 척한 거거든? 그리고 너, 자꾸 나 놀릴래?"

"하하! 미안, 미안해."

네 사람은 오랜만에 크게 웃음을 흘렸다. 그때였다.

지잉, 지잉!

구현진의 핸드폰이 울렸다.

"아, 잠깐만 나 전화 왔다. 전화 좀 받고!"

구현진이 곧바로 핸드폰을 꺼내 확인했다. 유현진에게서 온 전화였다.

"어? 현진이 형이다."

구현진이 놀란 눈으로 중얼거렸다. 장만호가 옆으로 다가왔다.

"누군데? 여자냐?"

"아니야!"

"어어? 얼굴은 그게 아닌데. 야들아, 현진이 점마 여자한테 전화 왔는갑다!"

"뭐? 진짜로?"

"누군데? 누군데?"

"오지 마, 인마! 아니라고!"

구현진이 뒷걸음질을 쳤다. 그때까지 핸드폰 진동은 계속 울렸다.

"아, 씨팔! 전화 받아야 하는데."

그런데 녀석들이 마치 먹잇감을 찾은 하이에나처럼 달려들고 있었다.

"에잇, 일단 도망가자!"

구현진은 도망을 치면서 핸드폰을 받았다.

"네에. 현진이 형!"

-오랜만이다. 학교냐?

"네, 형. 잠깐만요. 제가 다시 전화 드릴게요."

-야, 현진아…….

유현진은 전화가 끊긴 것을 확인하고 어이없는 표정을 지었다.

"헐……. 나보다 더 바쁘네. 이 자식!"

5.

고기 굽는 냄새가 길가 도로까지 퍼졌다. 초저녁인데도 삼겹살집에는 많은 사람이 삼삼오오 모여 있었다. 그들은 소주잔을 기울이여 일과를 마무리하고 있었다.

그들 뒤편에는 자그마한 TV가 설치되어 있었다. 깔끔한 정장 차림의 아나운서가 나와 뉴스를 진행하고 있었다.

-다음 뉴스입니다. 메이저리그 유현진 선수가 오늘 귀국했습니다. 부상 후 복귀한 유현진 선수는…….

소주잔을 기울이던 손님 한 명이 TV를 보며 말했다.

"어? 현진이 들어왔나 보네."

"그러게……. 전반기에는 선발로 살아남느냐 못 남느냐 하더니. 나름 후반기에는 선전했어."

"그런데 저런 애들은 한국 오면 뭐 할까?"

그러자 고기 굽던 한 친구가 툭 하고 한마디 던졌다.

"뭐 하긴, 연예인 만나겠지."

"연예인? 부럽다. 그런데 진짜 연예인들 만날까?"

"그게, 나도 들은 얘기인데……."

"뭔데?"

"요즘 여자 연예인들이 스포츠 스타랑 결혼 많이 하잖아."

"그치!"

"무슨 이유 때문인 줄 알아?"

"뭔데, 뭔데?"

이야기를 듣는 사람들의 눈빛이 그 어느 때보다 반짝였다.

"그게 말이야. 힘이……. 아니지, 허벅지 파워가 장난 아니래. 그래서……. 내 말 무슨 뜻인지 알지?"

"아하, 그렇구나."

"그래! 그래서, 여자 연예인들 남편감 후보 1위가 스포츠 선수라는 거야."

"우와! 대박!"

"항간에는 유현진 선수에게도 여자 연예인들의 대시가 장난 아니라는데?"

"진짜? 그럼 오늘도?"

"당연하지. 물 좋은 클럽에 가서 룸 잡아서 여자 연예인들과 신나게 놀겠지."

"아, 부러운 새끼……. 젠장, 한잔해! 우리에게는 먼 얘기야."

그들은 술잔을 부딪치며 입에 털어 넣었다. 구석에 있던 구현진이 그들의 대화를 듣고는 앞에 앉은 유현진을 힐끔거렸다.

"형, 궁금한 것 있는데요."

유현진이 집게로 고기를 뒤집으며 대답했다.

"뭐?"

"진짜 연예인 만나고 그래요?"

구현진의 물음에 유현진이 의미심장한 미소를 보냈다.

"궁금하냐?"

"네."

"알려줘?"

"네, 알려줘요."

"그건 말이야……."

구현진의 눈이 그 어느 때보다 커졌다. 입안 가득 고인 침을 꿀꺽하고 삼켰다.

"야구부터 잘해, 인마! 야구부터! 그럼 자연스럽게 알게 돼!"

"에이, 시시해!"

구현진은 잔뜩 실망한 얼굴로 말했다. 그러자 유현진이 피식 웃었다.

"어린놈이 벌써 그걸 알아서 뭐 해? 아 참! 너 지난번에 그거 뭐냐?"

고기를 뒤집던 유현진이 다짜고짜 물었다.

"뭐가요?"

"체인지업 말이야. 내가 살다 살다 그렇게 허접한 체인지업은 처음 본다."

"그거 형이 가르쳐 준 거거든요."

"내가 가르쳐 줬다고? 그걸? 어디 가서 내가 가르쳤다고 말하고 다니지 마."

유현진이 집게를 흔들었다. 그리고 가위로 잘 익은 고기를 먹기 좋게 잘랐다. 그 고기를 구현진이 젓가락으로 집어 입으로 가져갔다.

"그거 진짜 형이 가르쳐 준 대로 던졌어요."

"야, 내가 가르쳐 줬는데 왜 그것밖에 못 던져? 형은 그 체인지업으로 메이저리그를 평정하고 왔는데."

"에이, 평정까지는 아니죠."

그러자 유현진이 들고 있던 집게로 구현진의 머리를 툭 쳤다.

"이 새끼가……. 너 많이 컸다. 오랜만에 형을 봤는데, 그딴 식으로 얘기해야 해?"

"아, 형! 머리카락에 기름 묻어요."

구현진이 잔뜩 인상을 쓰며 머리를 매만졌다. 그때 가게 아줌마가 다가왔다.

"총각들! 먹는 거 가지고 장난치지 마소."

"아, 죄송합니다."

유현진이 급히 사과했다. 아줌마는 슬쩍 다가오더니 불을 한 번 봐주고는 몸을 돌렸다.

"많이 드시소."

아줌마가 가고 구현진이 주변의 눈치를 살피더니 슬그머니 물었다.

"그런데 형, 이런 데 괜찮아요?"

"뭐가?"

"얼굴 팔리지 않아요?"

"괜찮아. 신경 쓰지 마. 혹시나 해서 보더라도, 에이, 설마 하면서 그냥 넘어가."

"아, 그렇구나."

구현진은 또 곧바로 수긍했다.

"그래도 형 부산 왔다고 해서 깜짝 놀랐어요. 부산에는 무슨 일이에요? 이번에도 감독님 뵈러 왔어요?"

"아니. 아는 지인들이 있어서 만나러 왔다가 겸사겸사 너 얼굴도 보고."

유현진은 소주 한 잔을 들이켜고는 미리 싸놓은 상추쌈을 입에 욱여넣었다.

"오오, 저까지요? 감동인데요. 그런데 왜 그 감동이 고기로는 안 올까요?"

"뭔 소리야?"

"그게, 왜 제 손에 삼겹살이 들려 있을까요? 연봉도 많이 받으시는 분께서!"

구현진이 젓가락으로 잘 익은 삼겹살을 집어 흔들었다. 그러자 유현진이 집게로 그 삼겹살을 낚아챘다.

"먹지 마! 너란 녀석은 삼겹살의 고마움을 몰라."

"그게 아니라요. 당연히 형이라면 돼지가 아니라, 비싼 소고기 아닐까 했거든요."

"소고기 같은 소리 하네. 삼겹살이 얼마나 맛있는데."

"에이, 농담이에요. 발끈하시기는."

"전혀 농담으로 들리지 않던데……."

"하하, 그랬나요? 형이 그렇게 느꼈다면 뭐, 어쩔 수 없고요."

구현진이 피식 웃었다.

"그나저나 너 이제 3학년이네."

"네."

"내년에 잘해야겠다. 프로에 가려면 말이야. 그래도 1차 지명은 가능하겠지?"

유현진이 다시 술잔에 술을 따라 마셨다. 구현진이 삼겹살 하나를 집어 유현진의 접시에 살포시 놓았다.

"내년에 해봐야겠지만 솔직히 힘들지 않을까요?"

"하긴 구단에서 어깨 수술받은 사람을 그다지 좋아하지는 않지."

"그래도 형은 2차 1라운드 지명받았잖아요."

"나니깐 1라운드 받는 거야. 너도 잘해, 인마! 잘해서 1라운드는 가뿐하게 받아야지."

"1라운드가 어디 쉬워요?"

"물론 쉽지 않지. 그만큼 노력하라는 뜻이잖아."

"네, 알고 있어요."

구현진이 고개를 끄덕였다. 두 사람은 화제를 돌려 야구 얘기 말고 다른 일상적인 얘기를 주고받았다.

하지만 천생 야구인들이라서인지 얼마 가지 않아 다시 야구 쪽으로 이야기가 넘어왔다.

"그런데 형!"

"왜?"

"체인지업이 정말 별로였어요?"

"왜, 형이 농담으로 하는 말 같아?"

"아니요. 사실 체인지업이 형이 말한 대로 안 던져져서요."

"왜 그런 거 같아?"

"글쎄요."

구현진은 잠시 고민을 하는 듯하더니 이내 고개를 흔들었다.

"에이, 그냥 연습 부족이겠죠."

"물론 그런 이유도 있겠지만, 내가 어쩜 맞지 않은 걸 알려 준 것일 수도 있어."

"그럴 리가요."

유현진이 다소 진지한 표정으로 말했다.

"내가 가르쳐 주는 게 다 맞는 건 아니야. 나도 미국에서 전설의 투수 앤디 쿠패스에게 커브를 배웠는데, 나에게 맞지 않았어."

"그래요?"

"그럼! 사람에게는 각자 맞는 구종이 있는 법이야. 그보다 던질 때는 특별히 이상한 걸 못 느꼈어?"

"사실 던질 때는 특별히 이상하다는 걸 못 느끼겠는데요. 그런데 이상하게 타자들이 잘 속지 않아요. 마치 제가 체인지업을 던지고 있다는 걸 아는 것처럼 말이죠."

"왜 그러지? 포수 사인을 읽었나?"

"그럴 수도 있고요. 에이, 저도 잘 모르겠어요. 어떻게든 되겠죠."

"그런 말이 어디 있어."

유현진이 술잔을 비우고는 자리에서 일어났다.

"야, 가자!"

"네? 어딜요?"

"일단 따라와 봐. 그래도 내가 체인지업 스승인데 제자가 삽질하는 모습은 못 보지."

"아니, 형 술 마셨잖아요. 다음에 해요."

"괜찮아, 인마! 이 정도로 안 죽어! 가자!"

"이 시간에 어딜 가자는 건데요?"

"따라와 보면 알아!"

구현진은 마지못해 자리에서 일어나 유현진을 따라 나갔다. 입구에서 계산을 마치고 거리로 나와 택시를 세웠다.

"타!"

"진짜 어디로 가는데요?"

"인마, 설마 형이 안 좋은 데 데리고 가겠어?"

"그건 아니지만……."

"그럼 잔말 말고 타!"

"네."

구현진이 뒷좌석에 앉았다. 유현진도 바로 구현진 옆에 앉았다.

"아저씨, 사직동으로요."

그리고 택시는 곧바로 출발했다. 잠시 후 구현진이 도착한 곳은 어느 야구 연습장이었다.

"형, 여긴?"

"내가 아는 사람이 운영하는 야구 연습장이야. 들어가자!"

유현진은 익숙하게 걸음을 옮겼다. 구현진은 어리둥절한 표정으로 유현진의 뒤를 따랐다. 사무실에 들어가자 한 사내가 반갑게 맞이해 주었다.

"오, 현진아!"

유현진에게 다가가 악수를 청하는 사람은 바로 이글스의 전(前) 안방마님이었던 신경연 선수였다. 지금은 은퇴하고 부산에서 신 야구 연습장을 운영하고 있었다.

"이야, 형! 엄청 크게 하셨네."

유현진이 주위를 두리번거리며 말했다.

"야, 있는 돈, 없는 돈 탈탈 털어 넣었다."

신경연이 앓는 소리를 했다.

"그보다 너, 가기 전에 요 앞에서 사진 하나 찍고 가라! 사인도 부탁해. 그래도 네가 왔다 갔다는 것은 알려야지!"

신경연이 피식 웃었다.

"형, 저 요즘 비싸요."

"에헤, 우리 사이에 그러지 말자!"

"우리 사이가 어떤데요?"

유현진이 모르는 척 딴청을 피웠다. 그러자 신경연이 미소를 지었다.

"자꾸 왜 그러실까? 너 그렇게 나오면 형 섭섭해."

"하하, 알겠어요. 사인도 해주고 유튜브에 그냥 간단한 인사말 정도는 해드릴 수 있어요. 대신, 형도 제 부탁 하나 들어주세요."

"부탁? 네가 그렇게만 해준다면야 뭐든 못 들어주겠냐? 왜? 오랜만에 공 한번 던지게?"

"저 말고 쟤요, 쟤."

유현진이 뒤에 있는 구현진에게 고갯짓했다. 신경연이 힐끔 구현진을 바라보았다.

"쟤?"

"네."

"쟤는 누구냐?"

"부산 제일고 투수인데 김명환 감독님 제자예요."

"김명환 감독님? 아, 네 은사님!"

"예."

신경연이 뒤에 멀뚱히 서 있는 구현진을 보다가 눈을 크게 떴다.

"가만!"

신경연이 다소 뒤로 물러나 유현진과 뒤에 서 있는 구현진을 번갈아 보았다. 그러다가 피식 웃었다.

"이거 참……. 둘이 딱 보면 형제라고 해도 믿겠다. 어쩜 그리도 닮았나!"

순간 유현진의 얼굴이 굳어졌다.

"형, 어디 가서 그런 소리 하지 마세요. 하나도 안 닮았거든요! 쟤가 왜 나랑 닮았어요. 살짝 기분 나빠지려고 해요."

유현진이 토라지듯 고개를 홱 돌렸다.

"알았어, 인마! 사내새끼가 그걸로 삐지냐?"

"내가 훨씬 잘생겼는데……. 쟤는 그냥 그렇잖아요."

"알았어, 알았다고. 아무튼, 저 녀석 공 좀 받아주면 되는 거야?"

"네."

"그래."

그러자 유현진이 구현진을 불렀다.

"이리 와 인사드려!"

"안녕하세요."

"반가워. 나 누군지 알지?"

"그럼요! 신경연 선배님이시잖아요."

"좋아! 그럼 어디 공 한번 볼까? 글러브 챙겨서 마운드에 올라가."

"네."

구현진은 글러브를 챙겨 곧장 마운드로 향했다. 가슴이 두근거리고 얼굴이 상기되었다.

'대박! 신경연 선수가 공을 받아주다니.'

하지만 겉으로 내색하지는 않았다. 그사이 유현진이 방망이를 들고 타석에 들어섰다. 그런데 타석에 바짝 붙어 있었다. 그것을 본 구현진이 소리쳤다.

"형! 타석에 너무 바짝 붙었어요."

"알아, 인마! 그러니까, 나 맞히지 마!"

"에이, 그런 게 어디 있어요?"

"그럼 맞히게?"

"그게 아니라, 부득이하게……."

"그러니까, 맞히겠다는 거네!"

"아니에요. 그냥 던질게요."

구현진이 체념한 듯 마운드를 골랐다. 그사이 간단히 장비를 착용한 신경연이 포수 자리에 앉았다.

"자! 던져봐!"

구현진이 심호흡을 한 후 포심 패스트볼을 던졌다.

퍼엉!

"오오, 나이스 볼! 제법이네. 빨라. 저 녀석 공 좋잖아? 잘하면 160㎞/h도 던지겠는데?"

그러자 타석에 있던 유현진이 발끈했다.

"저 나이 때 160㎞/h 못 던지는 사람이 어디 있어요."

"훗. 여전하네, 유현진. 그놈의 허세는."

"허세가 없었다면 미국에서 살아남지 못했어요."

"그래, 그래! 그런데 저 녀석도 너처럼 디셉션이 좋은데?"

"나 보고 엄청 연구했다나 봐요."

"그러니까 내가 그랬잖아. 생긴 것부터 시작해서 너랑 판박이라고!"

"형!"

"알았어! 알았다고! 또 발끈한다. 아무튼, 잘 보기나 해."

신경연이 공을 던져준 후 바깥쪽으로 빠져 앉았다. 그리고 미트를 들었다. 구현진은 신경연의 미트를 향해 두 번째 공을 던졌다.

퍼엉!

바깥쪽으로 꽉 찬 공이었다. 조금도 빠지지 않고, 신경연이 원하는 코스로 정확하게 들어왔다.

"공도 빠르고 게다가 제구력까지 좋아."

신경연이 살짝 놀란 얼굴이 되었다. 하지만 유현진은 전혀 손도 댈 수 없는 코스로 공이 날아오자 인상을 썼다.

"야, 체인지업을 던지라고 체인지업! 누가, 네 포심 보제?"

"형, 삼진당할까 봐 그런 거죠?"

"아니거든! 잔소리 말고 체인지업이나 던져!"

유현진이 자세를 잡으며 3구째를 기다렸다. 이번에는 확실하게 체인지업이 들어올 줄 알았다. 그런데 한가운데로 들어오는 포심 패스트볼이었다.

퍼엉!

유현진이 깜짝 놀라 본능적으로 방망이를 돌렸다. 하지만 공은 이미 미트에 들어간 후였다.

"저 새끼가……. 야! 체인지업 던지라니까! 죽을래!"

"아, 예에! 알겠어요."

구현진은 공을 건네받고 몸을 돌렸다. 그 순간 입가로 슬며시 미소가 번졌다.

"히힛. 장난이라도 현진이 형 삼진으로 잡으니 기분 좋네."

구현진이 미소를 지으며 투구판을 밟았다. 그리고 유현진이 요구했던 체인지업을 던졌다. 하지만 유현진의 방망이를 이끌지는 못했다. 유현진 역시 심각한 표정으로 구현진의 체인지업을 지켜봤다.

2구째는 몸 쪽으로 꽉 차게 던져보았다. 그런데도 유현진의 방망이는 꿈쩍도 하지 않았다. 결국, 2볼인 상황에서 어쩔 수 없이 거의 한복판으로 떨어지는 공을 던졌다. 그제야 유현진의 방망이가 돌아갔다.

딱!

뒤로 넘어가는 파울이었다.

구현진이 다시 호흡을 고르며 4구째 몸 쪽으로 던졌다. 이번 공 역시 유현진의 방망이가 움직이지 않았다. 1스트라이크 3볼이라 구현진은 어쩔 수 없이 스트라이크를 던져야 하는 상황이 되었다.

신경연이 바깥쪽으로 살짝 빠져 앉았다. 구현진이 신경연의 미트를 보고 힘껏 공을 던졌다. 그런데 이번 체인지업이 약간 밋밋하게 들어갔다. 제대로 떨어지지도 않자 유현진이 그것을 놓치지 않았다.

딱!

유현진이 방망이로 밀어쳐 우익수 방면 안타를 만들었다. 그리고 방망이로 구현진을 가리키며 소리쳤다.

"야, 너 똑바로 안 던져?"

"저 열심히 던졌는데요."

"정말이야?"

"네."

유현진이 고개를 돌려 신경연을 보았다.

"형, 뭐가 문제일까요?"

"너는 뭐가 문제인 것 같아?"

"이상하게 내 눈에는 다 낮아 보이던데요."

"그렇지. 공이 일찍 가라앉아. 홈 플레이트 앞에서 떨어져 줘야 좋은데, 공이 너무 일찍 떨어져. 너 한창 안 좋을 때 던진 체인지업 같은데."

"그래요? 그때는 투구 밸런스가 무너져서 그랬는데……."

"하지만 저 녀석의 투구 밸런스는 괜찮아."

"내가 봐도 그래요. 그렇다면 좋아질 가능성은 있지 않나요?"

"글쎄다. 일시적이라면 모르겠는데. 저게 베스트라면 답이 없지 않겠냐."

"그럼 그립을 바꿔줘야 하나?"

유현진이 심각한 얼굴로 손을 움직여 그립 모양을 잡았다. 그 모습을 본 신경연이 물었다.

"그립? 네가 하게? 너 시간 많아?"

"그게 문제죠. 저도 미국에 가야 하니까요. 그렇다고 저 녀석을 저리 놔두고 가면 내년에 주야장천 저렇게 던질 것 같은데요. 저 녀석 내년이면 고3이거든요."

"아, 그렇다면 안 되는데……."

신경연도 심각해졌다.

"현진아, 달리 생각해 보면 돼. 그립이 아닐 수도 있어. 회전수의 문제일 수도 있고, 공을 놓는 릴리스 포인트일 수도 있어. 그런데 내가 보기에는 포심 패스트볼과 놓는 위치는 거의 똑같아."

"그럼 회전수인가?"

유현진이 다시 고민할 때 신경연이 말했다.

"회전수일 수도 있는데……. 그냥 내 생각인데 너의 서클 체
인지업이 재랑 안 맞는 것 같다."

"그래요?"

"사람마다 던지는 스타일이 있잖아. 저 녀석이 어떻게 던지
는지는 정확하게 모르겠지만, 쟤가 던지는 서클 체인지업 스타
일로는 고등학생한텐 통할지 몰라도 프로에선 완전히 털려."

"아, 그럼 곤란한데……. 진짜 고민되네요."

유현진은 심각한 얼굴로 구현진을 바라보았다. 그러자 신경
연이 공을 구현진에게 던져주었다.

"너도 알다시피 공은 손끝의 미세한 부분까지 영향이 미쳐.
같은 구종이라고 해도 그 사람만의 스타일이 있잖아. 예를 들
어보면, 넌 서클 체인지업을 던지지만, 엄지와 검지로 정확하
게 OK를 만들지 않잖아. 누가 보면 쓰리 핑거 스타일로 착각
할 정도로 말이야."

유현진은 공을 잡아 자신만의 서클 체인지업 그립을 잡아
보았다. 신경연의 말한 대로 확실하게 OK가 그려지지 않았다.

"그런 것 같네요."

"박찬오 선배도 서클 체인지업을 던지는데 잘 보면 확실하게

OK 그립이 만들어져 있어."

"음……."

유현진이 고개를 끄덕였다.

"꼭 그렇다고 해서 공 쥐는 법 때문에 문제가 있는 것은 아니야. 공의 회전수가 제 속도에 못 미쳐서 그럴 수도 있고, 손목을 비트는 동작에서 어긋났을 수도 있어. 아니면 쓰리 핑거 체인지업이나, 팜업 체인지업 스타일이 맞을 수도 있고 말이야. 그건 본인이 투구해서 찾아내는 방법밖에 없어."

"그렇구나."

유현진이 심각한 얼굴로 고개를 끄덕였다.

솔직히 이런 상태라면 문제가 너무 광범위했다. 어디서부터 어떻게 알려줘야 할지 막막했다.

시간이 촉박한데 말이다.

유현진이 심각하게 고민하는 모습을 본 신경연이 피식 웃었다.

"우선은 공의 회전수에 중점을 두고, 낚아채는 힘과 공을 밀어내는 손가락의 악력에 힘써보도록 하자. 그러다 보면 스스로 답을 얻게 될 거야."

"그렇겠죠?"

"그래."

"아, 이럴 때 대승이 형이라도 있으면 좋은데."

"왜? 대승이 형에게 전화해 보게?"

"호주에 계실 텐데……. 지금 전화 받을 수 있으려나?"

유현진이 핸드폰을 꺼내 시간을 확인했다.

"무슨 말이야. 대승이 형 얼마 전에 한국 들어왔는데."

"정말요?"

"그래!"

유현진의 얼굴이 순간 환하게 밝아졌다.

그때 신경연이 유현진을 툭 쳤다.

"그건 그렇고, 저 녀석 어디서 연습해?"

"모르죠?"

"야, 인마! 그런 무책임한 말이 어디 있어! 그러지 말고 연습할 곳 없으면 여기서 하라고 해."

"오오, 형 공짜로?"

"야야, 세상에 공짜가 어디 있어. 네 소개로 왔으니까 특별히 50%로 해줄게."

"형, 고딩의 코 묻은 돈을 받으시게요?"

"그럼 네가 주든지!"

"와, 형! 이런 식으로 나오면 안 되죠!"

그러자 신경연이 피식 웃으며 유현진의 어깨에 손을 올렸다.

"왜 이래! 우리 이글스 아이가!"

"형, 말투가 왜 그래요?"

"내 말투? 아, 너도 부산에서 살아 봐라."

"됐거든요. 전 그냥 이대로 미국에서 야구나 잘할게요."

"그러든지……."

두 사람은 오랜만에 크게 웃음을 터뜨렸다. 그런 두 사람을 보고 있는 구현진은 눈만 멀뚱멀뚱 뜬 채 마운드에 서 있었다.

"저, 저기, 저는 어떻게…… 해요?"

6.

그로부터 일주일 후.

구현진은 그때의 인연으로 신경연이 운영하는 신 야구 연습장에서 투구 연습을 하고 있었다.

물론 공짜는 아니지만, 진짜 50% 할인된 가격으로 돈을 내고 다녔다. 대신 신경연이 직접 공을 받아주기로 했다. 그것 하나만으로도 구현진에게는 큰 도움을 주었다.

퍼엉!

"이번 건 어때요?"

"많이 좋아졌는데, 이번에도 역시 좀 빨리 떨어져. 좀 더 회전을 줘봐."

"알겠어요."

신경연이 조언을 해주며 공을 건네주었다. 공을 받은 구현진은 서클 체인지업 그립을 다시 정교하게 잡은 후 투구판 위에 섰다.

다시 몇 번 공을 던져보더니 구현진이 고개를 갸웃했다. 신경연이 자리에서 일어나 마운드로 향했다.

"왜? 역시 잘 안 돼?"

"네, 그러네요."

"너무 조급하게 생각하지 마. 너에게는 포심 패스트볼이 있잖아. 그걸 좀 더 가다듬으면 오히려 체인지업이 더 잘 잡힐지도 몰라."

"그럴까요? 그랬으면 좋겠어요."

"잘되겠지."

"감사합니다."

구현진이 애써 미소를 지으며 대답했다. 신경연은 그런 구현진의 의기소침한 모습을 보고 고개를 끄덕였다.

"좋아, 이 형이 좋은 걸 알려줄게."

"네?"

"포심 패스트볼의 활용법!"

구현진이 고개를 갸웃했다. 그러자 신경연이 웃으며 설명해주었다.

"이건 현진이에게도 알려줬던 건데……. 아, 너 말고 미국에 있는 놈!"

"하하, 알아요."

"좋아! 너의 포심 패스트볼은 제구도 훌륭하고, 공도 무척이
나 빨라. 제대로 던진다면 150㎞/h는 가뿐하게 넘기겠던데. 그
런데 그걸 좀 못 살린다고 해야 할까?"

"그래요?"

구현진은 의외의 지적에 고개를 갸웃했다.

"빠른 속구의 활용법은 얼마만큼 스트라이크존을 넓게 사
용하느냐에 달렸어."

신경연이 말을 하고는 포수 자리로 뛰어갔다.

"너의 빠른 속구를 제대로 살리려면!"

신경연이 말을 하면서 미트를 왼쪽 가슴 위쪽으로 들었다.

"우타자의 가슴팍을 공략하는 몸 쪽 높은 곳! 이곳은 타자
의 헛스윙을 유도할 수 있고."

신경연이 미트를 대각선 아래로 내렸다.

"타자의 눈에서 가장 떨어진 곳을 지나는 바깥쪽 낮은 곳!
네가 이 두 곳에 정확히 공을 던질 수 있으면 타자는 쉽게 방
망이가 나가지 않아. 아주 좋은 결정구가 될 수 있지!"

구현진의 눈이 반짝였다.

신경연의 말은 계속 이어졌다.

"이게 바로 스트라이크존을 넓게 활용하는 건데, 특히 바깥

쪽 낮은 코스의 공을 제대로 던질 수 있다면 타자들은 절대 방망이가 나가지 않아. 왜냐하면, 타자에게는 가장 먼 곳처럼 느껴지는 곳이거든. 거기다가 같은 코스에 체인지업을 가미한다면 어떻게 될까?"

신경연이 말을 하며 미소를 지었다. 구현진의 표정도 점점 밝아졌다.

"그럼 타자들을 상대할 방법이 엄청 많아지겠네요."

"당연하지!"

"체인지업을 가다듬는 것도 중요하지만, 너의 포심 패스트볼 위력을 세밀하게 다듬는 것도 중요하다고 생각해."

"네, 선배님! 알겠습니다."

"좋아, 그럼 이곳으로 공을 던져봐!"

"네!"

구현진은 마운드를 고른 후 포심 패스트볼 그립으로 단단히 움켜쥐었다. 그리고 몸 쪽 높은 곳과 바깥쪽 낮은 코스로 하나씩 공을 꽂아 넣었다.

다소 조금씩 벗어나긴 했지만, 이건 연습만 충분하다면 공략이 가능했다. 게다가 체인지업까지 완벽하게 소화한다면 엄청난 결정구를 얻게 되는 것이었다.

구현진은 투구를 하면서 가슴이 두근거리기 시작했다. 공을 하나하나 던질 때마다 점점 더 열기가 올라갔다.

그때 야구 연습장 안으로 검은 선글라스를 착용한 사내가 들어섰다. 구현진이 던지는 투구폼을 보고는 고개를 끄덕였다.

"폼은 나쁘지 않네."

사내는 천천히 구현진에게 걸어갔다.

신경연이 자리에서 일어나며 그 사내를 바라보았다. 구현진도 신경연이 자리에서 일어나자 이상하게 생각했다.

"선배님, 왜 그러세요?"

그때였다.

"네가 현진이냐?"

구현진이 소리가 들린 방향으로 고개를 돌렸다. 그곳에 선글라스를 쓴 사내가 있었다.

"누구…… 세요?"

"나?"

그러면서 사내가 선글라스를 벗었다.

그 모습을 본 구현진이 놀란 토끼 눈이 되었다.

"헉! 구대승 선배님 아니세요?"

"날 알아봐?"

"다, 당연하죠!"

"날 알아보니, 기분은 좋네."

"선배님, 영광입니다."

구현진이 모자를 벗고 90도로 인사했다.

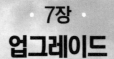

7장
업그레이드

I.

"대승이 형!"

신경연이 다가와 반갑게 인사했다.

"어, 그래. 오랜만이다."

"네, 형. 잘 지내시죠?"

"나야 늘 똑같지. 넌 장사 잘되냐?"

"이제 시작인데요, 뭘. 그런데 여긴 어쩐 일이세요?"

신경연의 물음에 구대승은 구현진을 바라보았다.

"이 녀석에게 볼일이 있어서 왔다."

"현진이에게요?"

신경연도 구현진에게 시선이 갔다. 구대승은 구현진에게 말했다.

"현진이에게서 얘기 들었다. 체인지업이 문제라며?"

"아, 네에……."

"내가 다른 건 몰라도 체인지업 하나는 잘 던지지."

"알고 있어요. 현진이 형도 선배님께 배웠다고 했어요."

"그래! 현진이 서클 체인지업을 가르친 사람이 나야."

구대승이 어깨를 으쓱했다.

"어쨌든 현진이의 부탁도 있고, 또 내가 누굴 가르치는 걸 좋아하기도 해서 말이야."

"네."

"그렇다고 착각하지는 마라. 나 좋다고 알려주는 거니까. 대략 한 달 정도 틈틈이 봐줄 테니까 그 안에 마스터해라."

"아, 넵!"

구현진의 눈이 커졌다.

"그 안에 네가 확실하게 배우면 좋은 거고, 못 배우면 어쩔 수 없는 거고. 알겠냐?"

"열심히 배우겠습니다."

"열심히 배우지 말고, 잘 배워! 열심히는 필요 없어. 꼭 못 배우는 애들이 그렇게 열심히 했는데 안 되었다고 변명하는데, 그건 아니야. 안 될 것 같으면 일찌감치 포기하고, 아니면 끈질기게 매달려야지."

"예. 꼭 해보겠습니다."

"좋아, 그럼 오늘부터 시작해 볼까?"

"저야 좋죠."

구현진 싱글벙글 웃었다. 체인지업의 대가인 구대승이 직접 알려주는 것만으로도 가슴이 설렜다.

"신포! 너는 포수 자리로 가고."

"네, 형."

"자, 준비했으면 공을 던져봐."

구대승이 말을 하고는 옆으로 몇 발자국 물러났다. 그리고 날카로운 눈으로 구현진의 투구 모습을 지켜보았다.

구대승의 지도는 간단했다. 일단 구현진에게 공을 던져보라고 한 후 어떤 부분에 있어서 문제가 있는지 계속 짚어주는 방식이었다.

"우선 빠른 공부터 던져봐!"

"네!"

구현진이 포심 패스트볼을 뿌려댔다.

펑! 퍼엉!

다섯 개의 공을 던진 것을 확인한 후 구대승이 고개를 끄덕였다.

"포심이 아주 좋네! 여기에 체인지업을 가미하면 제법 괜찮겠어."

구대승의 칭찬에 구현진은 절로 미소가 지어졌다.

"일단 빠른 공은 확인했으니까. 이번에는 체인지업을 던져봐!"

"알겠습니다."

구현진이 체인지업을 던졌다. 그 모습을 지켜보던 구대승이 끼고 있던 팔짱을 풀었다.

"잠깐! 우리 그립부터 바꾸자!"

구대승이 다가와 새로운 체인지업 그립을 알려주었다.

"일단 이걸로 몇 개 더 던져봐. 던지는 방식은 아까 전과 같이!"

"네!"

그렇게 첫 만남에서 세 가지의 그립으로 공을 던져보았다. 물론 구현진은 세 가지 그립 모두 낯설었다. 마치 자기 것이 아닌 것 같았다.

그럼에도 구대승은 계속 던지게 했다. 구현진은 군말 없이 구대승이 시키는 대로 던졌다.

그렇게 사흘이 지나고 구현진과 구대승은 두 번째로 만났다.

"오늘은 그때 알려준 세 가지 그립 중에서 너에게 맞는 걸 고르면 될 것 같은데. 몸은 풀었지?"

"네, 풀었습니다."

"좋아, 바로 시작해 보자. 알겠지만 체인지업은 항상 빠른 공을 던진 후에 써야 해."

"네."

구현진이 대답을 한 후 4개 정도 포심 패스트볼을 던졌다. 그리고 체인지업을 던지기 시작했다. 그러다가 구대승은 어떤 부분에 있어서 문제가 있는지 계속 짚어주었다.

팔 스윙을 바꿔준다든지, 그립을 바꾼다든지 조금씩 변화를 주었다. 그런 식으로 구현진에게 맞는 체인지업을 찾아가고 있었다.

구현진은 그럴 때마다 감각이 미세하게 달라지는 것을 느꼈다. 솔직히 자기만의 투구폼이 있다면 그것을 빨리 느꼈을 것이다.

하지만 구현진은 수술한 지 얼마 되지 않았기에 그런 것은 없었다. 대신 습득력이 상당히 뛰어났다.

"어때? 괜찮아진 것 같아?"

구대승이 물어보았다.

"글쎄요. 잘 모르겠는데요."

"또 모르겠어?"

"네. 저는 왜 이렇게 잘 못 느끼죠?"

"그냥 너에게 물어보는 것보다 신포에게 물어보는 게 낫겠다."

구대승이 신경연을 보았다.

"신포! 어때?"

"아까 것이 나은데요."

"아까 것이 낫다고?"

구대승은 가만히 생각에 잠겼다. 그리고 구현진에게 공을 잡는 그립을 보여주었다.

"내 생각에는 이 그립과 이 그립이 괜찮은 것 같은데 너 어떻게 생각해?"

"저도 그리 생각해요."

"그럼 한 번씩 던져보고 괜찮을 거로 정하도록 하자."

"네."

구현진이 몇 번 더 공을 던져보았다. 구대승이 다시 다가와 물었다.

"어떤 게 더 손에 감겨?"

구현진이 그립을 잡으며 말했다.

"전 이게 좋은 것 같아요."

"그래? 그럼 이걸로 밀어붙이자!"

공을 쥐는 방식은 큰 차이가 없었다. 실밥을 잡는 위치와 손가락을 어느 정도 벌리느냐의 차이였다.

"네가 생각했을 때 가장 편안한 그립! 포심과 가장 비슷하게 던질 수 있는 그런 그립을 생각해."

구대승의 말대로 구현진은 포심 패스트볼을 던질 때의 느낌과 가장 유사한 그립을 가져갔다.

손가락 전체를 감싸며 던지는 것으로, 공의 저항을 최대한 이끌어낼 수 있는 팜업 스타일이었다. 다행히 구현진은 손이 커서 야구공을 손바닥 전체로 감쌀 수 있었다.

"체인지업을 극대화할 수 있는 것은 구속의 차이야."

즉, 오프 스피드 피치(off-speed pitch)라고 해서 포심 패스트볼과의 구속 차이를 현저하게 두는 것이었다. 하지만 구속만 줄인다고 메이저리그에서 통하지는 않았다. 그 속에서 무브먼트를 줘야 했다. 다양한 그립과 손가락 변화, 손목의 회전이 필요했다.

그 결과 체인지업이 점점 발달하면서 똑같은 체인지업은 하나도 없고, 다양한 체인지업이 나오게 되었다. 그 속에서 자기만의 스타일, 자기만의 체인지업을 만드는 것이었다.

구현진도 일단 자신만의 체인지업을 만드는 것에 중점을 두었다.

"그럼 일단 너의 투구 모습을 보면서 정하도록 하자."

"네, 선배님."

우선 홈 플레이트 뒤쪽에 카메라를 설치했다.

마운드에 선 구현진은 기본적인 체인지업에 변화를 줘보았다. 손목도 써보고 릴리즈 순간의 느낌도 변화시켜 가며 세 가지의 무브먼트를 선보였다.

촬영을 마친 구대승은 구현진과 신경연을 불렀다.

"자, 일단 촬영한 걸 보자."

세 사람은 카메라를 통해 구현진의 투구 모습을 지켜보았다. 투구 모습을 다 본 후 구대승이 물었다.

"넌 어떤 것이 좋냐?"

구현진은 가만히 생각해 보았다.

첫 번째 체인지업은 타자 몸 쪽으로 휘는 듯한 느낌이 들었다. 반면 두 번째 체인지업은 서클 체인지업처럼 타자 바깥쪽으로 흘러가면서 떨어졌다. 세 번째 체인지업은 낙폭이 큰 것이었다.

구현진이 손가락 세 개를 펼쳤다.

"세 번째요. 낙폭이 큰 것이 좋을 것 같아요."

"왜 3번째야?"

구대승이 물었다.

"3번이 타자 타이밍 뺏기 편할 것 같아서요."

그러자 신경연이 끼어들었다.

"그럼 서클 체인지업이 삼진 잡기 편할 텐데."

"에이, 삼진은 포심이죠!"

구현진이 의기양양하게 말했다. 그러자 구대승이 살짝 놀랐다.

"오오, 뭐 좀 아는데. 그렇지 삼진은 포심 패스트볼로 잡아야지. 삼진 잡으려고 체인지업 던지는 것은 바보야. 물론 타자

너 꿋대로 던져라 1

의 타이밍을 뺏어서 삼진으로 잡을 수 있어. 하지만 삼진은 무엇보다 속구! 즉, 네가 가진 가장 빠른 공으로 삼진을 잡는 것이 가장 효과적이야."

"네."

구대승의 말을 듣고 구현진이 고개를 끄덕였다. 그리고 구대승의 시선이 신경연에게 향했다.

"넌 포수라는 녀석이……. 좀 배워!"

"혀엉……."

신경연은 당황한 얼굴로 구현진을 힐끔거렸다. 아무래도 후배 앞에서 한 소리 들으니 조금 민망했던 모양이었다. 그러나 구대승은 그런 신경연을 무시하고 구현진에게 계속 말을 이어 갔다.

"이제부터는 손에 익혀야 해. 꾸준히 던져서 완벽하게 네 걸로 만들어!"

"네, 알겠습니다."

"그래!"

구현진이 여기까지 도달한 기간이 꼭 20일이 되는 날이었다. 이제야 나만의 체인지업을 완성한 것이었다.

"자, 이제 어느 정도 체인지업이 잡힌 것 같고, 이제부터는 심화 과정에 들어가 볼까! 시간도 남았는데."

"심화 과정이요?"

"이 정도면 나쁘지는 않아. 하지만 프로 가면 탈탈 털릴걸?"

"그, 그래요?"

"안 털리려면 지금부터 정신 바짝 차리고 따라와라!"

"넵. 알겠습니다."

구대승은 속칭 심화 과정을 통해 구현진의 체인지업을 조금 더 완벽하게 만들 생각이었다.

구현진은 체인지업을 속성으로 배웠기 때문에 100% 자기 것이 아니었다. 그래서 심화 과정을 통해 완벽하게 다듬을 필요가 있었다.

신경연은 체인지업을 던지기 전에 먼저 포심 패스트볼부터 던지게 했다.

"자, 여기!"

신경연은 포심 패스트볼도 철저히 코너워크를 중요시했다. 이번에는 전에 알려줬던 바깥쪽 낮은 코스로 미트를 들었다. 구현진이 호흡을 고른 후 미트를 향해 힘껏 던졌다.

퍼엉!

여전히 날카로운 포심 패스트볼이 꽂혔다.

"좋아! 투구폼에 신경 써서 다음은 체인지업!"

신경연이 공을 던져주며 소리쳤다. 구현진이 고개를 끄덕인 후 글러브 안에서 체인지업 그립을 말아 쥐었다. 잠시 호흡을 고른 후 힘껏 던졌다.

퍼엉!

공을 받은 신경연이 고개를 가로저었다.

"공이 틀어졌어. 다시!"

두 번째 체인지업이 다시 날아왔다.

"아니! 이번엔 제대로 안 떨어졌어!"

세 번째 공이 날아왔다.

"투구폼이 어긋났잖아! 포심 패스트볼과 같이 던지라니까."

심화 과정의 첫 단계는 투구폼 교정에 있었다. 체인지업만 던지게 되면 그 변화 때문에 투구 밸런스가 조금씩 어긋났다. 그러면 쉬는 날에 섀도 피칭으로 다시 투구 밸런스를 맞췄다.

구대승과 일곱 번째 만남을 가지고 집에 돌아온 구현진은 거울을 보며 곧바로 섀도 피칭에 들어갔다. 그 모습을 아버지가 보고 흐뭇하게 웃었다.

"우리 아들, 열심이네. 맛있는 것 좀 사다 줄까?"

"괜찮아요. 지금은 집중 좀 할게요."

"오야, 알았다."

구현진은 다시 거울을 보며 섀도 피칭을 하였다. 그렇게 투구 밸런스를 맞춘 후 구대승과 여덟 번째 만남을 가졌다.

오늘도 구대승의 언성은 높아만 갔다.

"그게 아니지. 너 체인지업을 던질 때마다 머리가 조금씩 기울어져. 나 체인지업 던진다고 광고하고 있잖아! 포심이랑 같은 폼이어야 한다고. 집중 안 해?"

"아, 네에. 알겠습니다."

구현진이 고개를 끄덕인 후 다시 던졌다.

"또 또 또! 어깨 내려간다, 어깨! 다시!"

"넵!"

퍼엉!

"포심처럼 던지라니까. 왜 자꾸 체인지업이라고 티를 내?"

"그게 쉽지가 않아요."

"쉽지 않으면 연습을 해야지. 그게 쉬운 사람이 어디 있어."

"네에……."

구현진은 고개를 끄덕이며 대답했다. 구대승은 손뼉을 치며 구현진을 격려했다.

"자자, 할 수 있어. 던져봐! 연습만이 살길이야. 연습만이!"

어느덧 구대승으로부터 교육받기로 했던 한 달이 지났다.

"선배님, 감사합니다. 선배님 덕분에 현진이 형한테 욕먹지 않을 체인지업을 던질 수 있게 되었어요."

"야, 내가 가르친 체인지업이야. 현진이가 감히 나의 체인지업을 가지고 욕할 수 있을 것 같아? 그 녀석도 내가 가르쳤어."

"네, 알고 있어요."

"아무튼, 수고했어. 뭐라도 하나 건져갈 수 있어서 다행이야."

구대승이 흐뭇한 얼굴로 고개를 끄덕였다.

"이제 선배님 호주로 다시 가시는 거예요?"

"아니! 한국에 좀 있다가 천천히 들어갈 거야. 다른 볼일도 좀 보고."

"아, 네에……. 그럼 종종 연락드려도 되겠네요."

"아니! 종종 연락하지 마!"

"연락드리면 안 돼요?"

"그건 아니지! 프로 계약할 때 연락해! 계약금 많이 받아라!"

구대승이 장난기 가득한 얼굴로 말했다. 그러자 구현진이 고개를 끄덕였다.

"넵! 꼭 그러겠습니다."

"참고로, 가족 다 데리고 갈 거다."

"네, 알겠어요."

"아, 참! 가장 중요한 말이 있다."

"어떤 말인데요?"

구현진이 눈을 반짝였다.

"너 절대 우리 구씨 집안에 먹칠하면 안 된다! 알지? 능성 구씨 집안인 거!"

"그럼요, 당연하죠."

"구씨 집안을 빛낼 사람이 누구누구라고?"

"넵! 첫 번째로 구대승 선배님! 그리고, 아이돌 구아라입니다. 마지막으로 제가 이름을 올리도록 하겠습니다."

"그렇지! 그런 마음가짐을 항상 유지할 수 있도록 해."

"네, 선배님!"

"오냐. 그럼 나 간다."

"감사했습니다, 선배님!"

"그래!"

구대승이 손을 흔들어주었다. 구현진은 구대승이 사라질 때까지 시선을 떼지 않았다.

2.

구현진은 다시 한 달 동안 혼자 특훈을 하였다. 그 특훈 도우미로 신경연이 공을 받아주었다.

퍼엉!

"좋아, 좋아! 많이 좋아졌어. 확실히 체인지업이 잘 떨어져!"

신경연은 공을 던져주며 소리쳤다. 그리고 곧바로 포심 패스트볼이 날아왔다.

퍼엉!

"이야, 역시 너의 포심 패스트볼은 일품이구나."

신경연은 체인지업만 던지게 한 것이 아니라, 항상 포심 패스트볼을 먼저 던지게 했다. 하나씩 던지게 하면서 투구 밸런스를 유지해 주면 연습효과가 좋아졌다.

"정말 좋아졌네. 이 정도면 지금 당장 프로에서 던져도 통하겠는데."

"정말요?"

구현진의 표정이 환해졌다.

"그렇다고 너무 좋아하지 말고, 인마! 그리고 너 프로 가더라도 여기 다니는 거 잊지 마!"

"그럼요!"

"그런 의미에서 계약서 쓸까?"

신경연이 사무실을 가리키며 능청스럽게 말했다.

"에이, 설마 제가 여기를 두고 딴 곳에 가려고요."

"누가 알아? 다른 곳에 갈지? 너 자이언츠 올 거야?"

"당연하죠! 부산하면 자이언츠인데."

신경연이 눈을 가늘게 떴다.

"너 방금 눈빛 흔들렸는데."

"아, 아니에요. 흔들리긴요. 그런데 선배님, 자이언츠가 절 불러줄까요?"

"어…… 그렇게 얘기를 하니 할 말이 없네. 뭐, 어떻게든 되겠지."

신경연이 어색하게 웃었다. 구현진도 그 모습을 보고 따라 웃었다.

구현진은 구대승에게 배운 체인지업을 제일 먼저 안방마님 인 장만호에게 보여주고 싶었다. 지난 두 달간 얼마나 열심히 준비했는지 확인시켜 주고 싶었다.

"그러고 보니 체인지업 배운다고 거의 연락을 못 했는 데……"

구현진은 핸드폰을 꺼내 장만호의 이름을 터치했다. 잠시 후 신호가 갔다. 그런데 열 번이 넘게 울렸는데 받지를 않았다.

"새끼, 내가 오랜만에 전화한다고 삐졌나?"

구현진이 중얼거릴 때 그때 장만호가 전화를 받았다.

-여보세요!

"야, 왜 이렇게 늦게 받아?"

-아, 어…… 현진이가? 무슨 일인데?

"잤어?"

-아니야. 안 잤는데?

"그럼 뭐 하고 있었어?"

-아니, 아무것도 안 하는데. 왜? 뭔 일 있나?

"그게 아니라 오랜만에 공 좀 받아달라고!"

-공? 지금?

"응, 지금!"

-아…….

장만호가 낮은 탄식을 흘렸다. 뭔가 곤란한지 조심스럽게 말을 하는 것 같았다.

"안 되면 말고……."

-아, 아니야. 괜찮아.

그때 수화기 너머로 앙칼진 여자 목소리가 들려왔다.

-뭔데! 이제 막 영화 시작하는데 어데 갈라고?

"어? 영화관에 있었어?"

-어, 지금은 좀 그렇다.

"알았어. 순정이랑 영화 재미나게 봐!"

구현진이 전화를 끊으려고 하는데 장만호가 다시 불렀다.

-현진아!

"왜?"

-갑자기 공은 왜 받아달라는 건데?

"아니, 내가 새로운 구종을 배웠거든! 그걸 너에게 제일 먼저 보여주고 싶어서."

-어, 그래? 제일 먼저?

"그래, 그런데 순정이랑 영화 본다며. 됐어! 종만이한테 받아 달라고 해야지."

그러자 장만호가 펄쩍 뛰었다.

-아니, 왜 네 공을 종만이한테 받게 하는데. 그건 아니지! 네

공은 나만 받을 수 있잖아!

"너 영화 봐야 한다며!"

-됐다! 기다리라. 내 지금 간다!

그 소리가 들리자마자 순정이의 앙칼진 목소리가 또다시 들려왔다.

-어디 가는데! 영화 안 볼끼가?

-가만있어 봐라, 가스나야! 현진아, 내가 이따가 전화할게!

그 뒤로 장만호의 목소리가 들려오고 전화가 끊어졌다. 구현진은 전화기를 바라보며 피식 웃었다.

"아주 잡혀 사는구먼. 그나저나 올 수 있으려나?"

구현진은 고개를 갸웃했지만 혹시나 하는 마음에 학교로 발걸음을 옮겼다. 그로부터 5분 후 구현진의 핸드폰이 울렸다.

지잉! 지잉!

"그래, 만호야!"

-니 어데고?

"지금 학교 가는 길."

-알았다. 나도 30분 후면 학교에 도착한다. 딱 기다려라. 알았제?

"그래, 알았다."

전화를 끊고 구현진이 피식 웃었다.

"순정이하고는 얘기가 잘됐나? 뭐 알아서 했겠지."

구현진은 핸드폰을 다시 주머니에 넣고 서둘러 학교로 향했다. 학교에 도착한 후 간단히 스트레칭을 시작했다. 어느 정도 몸을 풀고 있을 때 교문에서 장만호가 나타났다.

"현진아! 나 왔다!"

구현진이 고개를 교문 쪽으로 향했다. 장만호가 환한 미소로 손을 흔들고 있었다. 그런데 그 뒤를 졸졸 따라오는 이순정이 있었다. 구현진은 어이없는 표정을 지으며 장만호에게 말했다.

"헐, 네 뒤에 있는 애는 뭔데?"

그러자 이순정이 발끈했다.

"뭐? 뭐 어쩌라고? 우린 둘은 패키지다! 됐나?"

이순정은 구현진 때문에 영화를 못 본 것에 잔뜩 화가 나 있었다. 이럴 때는 그냥 조용히 져주는 척 넘어가야 했다.

"아니, 잘 왔다고……"

구현진이 어색하니 웃음을 지었다. 그러자 이순정이 '흥!' 하며 고개를 홱 돌렸다.

"어찌 된 거고?"

구현진이 조용히 물었다. 장만호가 살짝 난감한 얼굴로 말했다.

"미안타. 하도 따라온다고 해서……"

"아니다. 잘했다!"

그때 이순정이 고개를 돌려 구현진에게 말했다.

"오늘은 네가 밥 산다고 했제?"

"내가?"

구현진은 전혀 몰랐다는 표정을 지었다. 그러자 그 앞에 장만호가 끼어들었다.

"네가 밥 산다고 했잖아! 안 그러나? 맞제?"

장만호가 눈짓을 하며 말했다. 그 눈짓을 본 구현진이 마지못해 고개를 끄덕였다.

"그래, 내가 밥 살게!"

"나 완전 비싼 거 묵을 건데, 각오해라!"

"뭐 먹을 건데?"

"와? 겁나나?"

"겁나기는……."

"칼질할 낀데."

"카, 칼질?"

구현진이 당황했다.

"그래! 나 오늘 스테끼 묵을 끼다. 스테끼!"

"그래라."

구현진은 피식 웃었다. 그래 봤자 순정이는 분식집에서 돈가스를 먹을 걸 뻔히 알았다.

"흥!"

이순정은 자기 말은 다 했다는 듯 또다시 고개를 홱 돌렸다.
장만호는 괜히 미안한지 구현진에게 말했다.

"미안타, 순정이가 떨어질 생각을 안 한다."

"넌 내가 혼자 있는 거 보이지도 않냐?"

"왜? 외롭나? 순정이 보고 친구 소개해 달라고 할까?"

"됐어. 인마!"

"왜? 순정이 친구 괜찮은 애 많다."

"됐다고요. 순정이 친구들 내가 뻔히 알고 있는데……. 그냥
난 야구만 하련다."

"그래?"

구현진이 마운드로 걸어갔다. 그 뒤를 장만호가 따랐다.

"그런데 너 무슨 구종 배웠는데?"

"체인지업!"

"야, 그게 무슨 새로운 구종이고! 니 지금 장난치나!"

"장난 아니고, 체인지업을 제대로 배워왔다고."

"제대로?"

"받아보면 알지!"

"알았다. 일단 공은 받아볼게."

장만호가 몸을 돌려 포수 자리로 갔다.

"새끼, 그냥 나 불러낸 것 같은데."

장만호가 고개를 갸웃하며 중얼거렸다. 그리고 포수 미트를

들고 자리에 앉았다.

"어디 한번 던져봐라."

장만호가 소리치자 마운드에 있던 구현진이 힘껏 공을 던졌다.

퍼엉!

체인지업이 아닌 포심 패스트볼이 들어왔다.

"야! 이게 무슨 체인지업이고? 포심이지!"

"먼저 포심 하나 던져줘야지! 지금 간다!"

구현진이 자세를 잡고 그립을 단단히 쥐었다. 그리고 장만호의 미트를 향해 힘껏 던졌다.

공이 포심 패스트볼처럼 날아왔다.

"야, 또 포심이…… 아니네."

퍼엉!

장만호가 공을 받고 깜짝 놀랐다. 분명 공이 포심 패스트볼처럼 날아왔다. 그런데 홈 플레이트 앞에서 뚝 하고 떨어졌다. 장만호는 황급히 미트를 아래로 내리며 간신히 공을 받아냈다.

"이게 뭐꼬?"

"내가 체인지업이라고 했잖아."

"무슨 체인지업이 이렇게 떨어지노! 스플리터 아니가?"

"체인지업이다. 스플리터는 배우지도 않았어."

"무슨 체인지업이 이렇게 좋노."

장만호의 놀라는 모습에 구현진은 뿌듯했다.

"그렇지? 좋지? 너 체인지업 누구한테 배웠는지 알아?"

"누구한테 배웠는데?"

"놀라지 마라. 바로 구대승 선배님께 배웠다."

"대박! 진짜로?"

"진짜지, 내가 거짓말하는 거 봤어?"

"그럼 구대승 선배님, 어디 계시는데?"

"가셨지!"

"언제?"

"나 다 가르쳐 주고."

그러자 장만호가 원망 가득한 눈빛을 쏘았다.

"와, 넌 친구가 되어가지고 어떻게 그럴 수 있노. 구대승 선배님이라면 같이 만나야지! 너무하네, 새끼!"

"알았어. 미안해. 다음에 만날 때 너 꼭 부를게. 징징거리지 좀 마."

"그건 그렇고, 너 자이언츠 팬 아니가?"

"자이언츠는 자이언츠고! 구대승 선배님은 레전드잖아."

"하긴 뭐……."

장만호가 곧바로 수긍했다.

"야, 쓰잘데기없는 말 하지 말고 어서 공이나 받아!"

"오야."

장만호가 다시 자리에 앉자 구현진은 계속해서 공을 던졌다. 장만호는 구현진의 공을 받을 때마다 '카아!' 감탄사를 내뱉었다.

퍼엉!

"쥑이네!"

그 소리를 들을 때마다 구현진은 민망했다.

"알았으니까, 적당히 좀 해."

"내가 감탄이 멈추질 않아. 이렇게 좋은 체인지업은 처음 받아봤다."

"너 지난번 내 체인지업도 나쁘지 않다고 했잖아."

"그게…… 지금에 와서 얘기하는 건데 이 공에 비하믄 그때 체인지업은 똥볼이었지."

"씨팔……."

구현진이 인상을 쓴 후 20개 정도 공을 던졌다. 장만호가 공을 다 받은 후 말했다.

"체인지업 말고는 없나?"

"나 체인지업만 배웠는데."

"커브는? 커브는 안 배웠나?"

"안 배웠지!"

"커브가 더 똥볼인데……. 큰일이네."

"젠장, 너 너무 솔직한 거 아니야?"

구현진이 푸념하자, 장만호는 못 들은 척 공을 건네주었다.

"자, 체인지업 던져봐. 체인지업!"

그날 저녁. 집으로 돌아온 구현진은 핸드폰을 매만졌다.

"지금 시각에 전화를 받을 수 있을까? 미국 가셨겠지?"

구현진은 유현진의 번호를 누를까 말까 고민하고 있었다. 그러다가 통화 버튼을 눌렀다. 통화 연결음이 나오고 잠시 후 유현진 목소리가 들려왔다.

-여보세요?

"형, 저예요. 현진이."

-어어, 현진이니? 잘 지냈어?

"네, 잘 지내고 있어요. 형은 어때요?"

-형도 잘 지내지. 안 그래도 대승이 형한테 얘기는 들었다. 너만의 체인지업을 찾았다며.

"네."

-잘됐다! 꾸준히 연마해.

"네, 형."

-그런데 무슨 일로 전화했냐?

"아, 맞다! 형, 커브 어떻게 던져요?"

-커브?

"네, 형."

-이야, 아주 날로 먹으려고 하네. 내가 뭐 커브 가르쳐 주러

다시 한국 가야 해?

"아뇨, 다음번에 들어오실 때 가르쳐 주시면……."

-내년에 커브 배워서 언제 써먹으려고. 그래서 프로에 갈 수 있겠어?

"그쵸?"

-아! 그러지 말고 너희 감독님에게 부탁해 봐. 김명환 감독님도 옛날에 투수였어. 국가대표 상비군까지 하셨으니까, 잘 아실 거야.

"아, 그래요?"

-그리고 감독님 커브 잘 던져! 나한테 커브 가르쳐 주신 분이 바로 감독님이야.

"정말요?"

-그래. 감독님께 부탁해 봐.

"네, 알겠어요."

-야, 나 다시 가봐야겠다. 나중에 또 통화하자!

"네, 형! 수고하세요."

전화를 끊은 구현진이 고개를 갸웃했다.

"감독님이 커브를?"

다음 날 구현진은 곧바로 감독실을 찾았다.

"왜? 무슨 일이고?"

"감독님, 커브 가르쳐 주세요."

"커브? 너 커브 던지잖아!"

"감독님 제가 솔직히 커브는 잘 못 던져요."

"체인지업만 잘 던지면 되지. 커브까지 배우려고?"

김명환 감독이 처음에는 꺼렸다. 예전 같았으면 구현진도 군말 없이 포기했을 것이다. 하지만 지금은 김명환 감독의 성격을 잘 알기에 물러서지 않았다.

"에이, 감독님! 가르쳐 주세요."

구현진이 김명환 감독에게 매달렸다.

"귀찮은데……."

"가르쳐 주세요. 꼭 감독님께 배우고 싶어요."

"꼭 배워야겠어?"

"네, 감독님! 현진이 형이 감독님 커브를 극찬했어요."

"아, 새끼! 쓸데없는 말을 해가지고 날 귀찮게 하네. 알았다. 나가자!"

김명환 감독이 자신의 글러브를 챙겨서 밖으로 나갔다. 그리고 재킷을 벗어서 내려놓은 후 혼자 스트레칭을 열심히 했다. 그 모습을 보던 장만호가 구현진에게 다가갔다.

"감독님 지금 뭐 하시노?"

"스트레칭!"

"갑자기 스트레칭은 왜?"

"아, 나에게 커브 가르쳐 주시기로 했거든."

"커브? 감독님이?"

"현진이 형이 그러는데 왕년에 커브 좀 던지셨나 봐."

"오오, 진짜?"

"진짜라고 하는데 모르지."

구현진이 아직 스트레칭을 하고 있는 김명환 감독을 바라보았다.

"그런데 뭘 스트레칭을 30분 넘게 해?"

"나이가 있으시잖아. 그리고 조용히 해. 간만에 감독님 필 받으셨는데. 그냥 하게 내비 둬!"

구현진이 장만호를 툭툭 밀어 포수 자리로 보냈다. 장만호는 투덜거리며 걸어갔다. 그사이 스트레칭을 마친 김명환 감독이 구현진이 있는 마운드에 올랐다.

"자, 준비됐어?"

"네, 감독님만 준비하시면 됩니다."

"나도 준비 다 했다. 그럼 어디 한번 던져볼까?"

김명환 감독이 마운드에서 공을 던졌다. 그런데 커브가 느릿느릿하게 날아갔다. 하물며 꺾이는 각도도 밋밋했다. 공을 받은 장만호가 고개를 가웃했다.

"이게 무슨 커브고?"

구현진도 다소 황당한 얼굴로 물었다.

"지금 커브 던지신 겁니까?"

"마, 오랜만에 던져서 안 그러나! 잠시만 기다려 봐라."

김명환 감독이 마운드의 흙을 다시 고르고 투구판을 밟았다.

"자, 이제는 될 거다. 잘 봐둬!"

김명환 감독이 말을 하고는 힘껏 공을 던졌다. 공은 빠르게 회전하며 장만호에게 날아갔다. 그리고 홈 플레이트 앞에서 뚝 하고 떨어졌다.

비록 슬로우 커브였지만 각이 정확하게 꺾였다. 구현진의 눈이 번쩍하고 떠졌다. 공을 받은 장만호도 놀랐다.

"나이스 볼!"

장만호가 저도 모르게 소리쳤다.

김명환 감독이 씨익 웃으며 구현진에게 말했다.

"저게 내가 던지는 커브다. 어때? 괜찮아?"

"네!"

"배우고 싶어?"

"네, 감독님."

구현진이 본 김명환 감독의 커브는 화려하지는 않지만, 정석 커브였다.

"일단 커브를 던지다 보면 자기만의 커브가 나와. 너는 무브먼트가 별로니까. 이렇게 한번 던져봐!"

김명환 감독은 커브 그립을 잡고 손목을 어떻게 회전하는지 알려주었다. 게다가 친히 동작까지 보여주며 릴리스 포인트도 알려주었다.

"네, 감독님."

구현진은 김명환 감독이 알려준 대로 던져보았다. 그런데 잘 던져지지 않았다.

"그게 아니야! 왜 그렇게 못 하지? 답답하네."

김명환 감독은 구현진의 그립을 직접 잡아주며 꺾이는 것까지 더욱 자세히 알려주었다.

"이 상태에서 요로케 던져! 알았지? 요로케!"

"아, 예에. 한번 해보겠습니다."

구현진은 김명환 감독의 말을 되새기며 다시 던져보았다. 이번에는 공이 제대로 각이 꺾여서 들어갔다.

"그래! 그렇게 던져야지! 다시!"

"네."

구현진은 다섯 개 정도 공을 던져보니 느낌이 왔다. 옆에서 지켜보던 김명환 감독도 고개를 끄덕였다.

"역시……. 금방 배우네."

"감독님, 커브가 이렇게 쉬웠어요?"

"쉽기는, 내가 잘 가르쳐서 그래!"

김명환 감독이 피식 웃었다.

"이제 됐지?"

"네, 감독님. 더 던져보고 모르는 부분이 있으면 여쭤보겠습니다."

"그래라!"

김명환 감독이 몸을 돌려 감독실로 향했다. 그의 입가로 슬쩍 미소가 번졌다.

'그렇지 않아도, 현진이 저 녀석 언제 복귀하는지 궁금했는데……. 내년에 에이스 걱정은 없겠다.'

김명환 감독은 한층 더 성장한 구현진의 구위에 절로 기분이 좋아졌다.

8장

라이징 스타

I.

4월이 찾아오면서 황금 사자기 대회가 시작됐다.

1라운드에서 부산 제일 고등학교는 이수민을 앞세워 강은 고등학교를 꺾고 황금 사자기를 산뜻하게 출발했다. 이수민은 5회까지 만만찮은 강은 고등학교 타자들을 상대로 단 한 점도 내주지 않으며 겨우내 성장했음을 증명했다.

이수민이 버텨준 덕분에 부산 제일고는 5회 말에 타선을 폭발시키며 강릉 강은고를 6 대 0으로 이겼다. 비록 콜드게임까지는 아니었지만, 타선의 집중력이 발휘된 경기였다.

솔직히 부산 제일고는 강타자가 없었다. 전체 타율도 그리 높지 않았다.

하지만 득점권 타율은 매우 높았다. 그만큼 주자가 루상에 나가면 타선의 집중력이 몰라보게 올라갔다. 한 번 분위기를 타면 점수를 왕창 뽑아내는 스타일이었다. 물론 그럴 때마다 김명환 감독의 가슴은 타들어 갔다.

"제발 한 번 터져줘야 하는데……."

1라운드는 어찌해서 이겼다고 치더라도 문제는 2라운드였다. 2라운드 상대가 바로 서울의 강호 덕진 고등학교였다. 덕진고는 작년 황금 사자기 준우승 팀이었다.

서울 지역에서는 휘운고, 성린고, 덕진고 이렇게 세 개의 강팀이 있었다. 그중 한 팀이 바로 덕진고였다. 덕진고는 마운드보다 타선이 강한 팀이었다. 팬들로부터 국가대표 타선이라고 불릴 정도였다.

특히 클린업 트리오는 작년 마지막 대회인 대통령배 대회에서 셋이 합쳐 20개의 홈런을 때려냈다. 원래부터 덕진고 하면 강타자로 유명한 학교이기도 했다.

게다가 겨울 동안 웨이트 훈련을 통해 몸도 한층 더 좋아졌다. 이번 대회를 통해 어쩌면 두당 홈런 10개씩은 칠 것 같다는 말들이 심심찮게 나오고 있었다.

부산 제일고는 2라운드 경기를 위해 버스를 타고 이동했다. 버스 안의 분위기는 그야말로 침울했다. 2라운드에서 강팀을 만난 것에 대진 운도 지지리 없다며 여기저기서 푸념들을 흘려냈다.

"대진 운 한번 더럽네!"

"그러게. 하필 덕진을 2라운드에서 만나냐!"

"제길! 추첨 누가 했어?"

부산 제일고 선수들은 마치 2라운드에서 패배라도 한 것처럼 떠들고 있었다.

"우리 진짜 굿이라도 해야 하는 거 아냐?"

"왜?"

"대진 운이 엿 같으니까 그러지?"

"야, 나 교회 다녀. 그딴 소리 하지 마."

"교회 다니는데 왜 하느님은 도와주지 않냐?"

"다 하느님께서 뜻이 있어서 그런 것이겠지."

"지랄하고 자빠졌네!"

모두가 덕진 고등학교를 어려워했지만, 구현진은 달랐다. 뭐가 그리도 좋은지 이어폰을 꽂은 채 흥겹게 콧노래를 부르고 있었다.

"신호를 보내~ 신호를 보내~"

버스 안 분위기와 전혀 맞지 않는 행동이었다. 그 모습을 가만히 바라보던 장만호가 구현진의 옆구리를 툭 쳤다.

"왜?"

"넌 눈치도 없냐?"

"웬 눈치? 뭔 소리야?"

구현진은 장만호가 무슨 말을 하는지 이해가 되지 않았다.

"버스 분위기 좀 봐라."

"분위기가 어떤데?"

구현진이 버스 내부를 두리번거렸다. 다들 경직된 얼굴로 자리에 앉아 있었다.

"다들 잔뜩 긴장했네."

장만호는 절로 한숨이 나왔다.

"하아…… 니는 우리가 누구랑 싸우는지 아나?"

"덕진고잖아!"

"아는 새끼가 그러나?"

"덕진이 왜?"

"작년 준우승 팀이잖아. 우리가 강호 덕진하고 게임이 되겠 냐?"

"야, 길고 짧은 것은 대봐야 알지! 그걸 왜 미리 판단하고 난 리야! 그리고 오늘 무슨 날인지 몰라?"

"뭔 날?"

"바로 이 몸! 구현진의 선발 데뷔 날이란 말씀이야."

구현진은 어깨를 으쓱하며 말했다. 그 모습을 한심하게 바라보는 장만호였다.

"으구, 지랄한다, 지랄해! 똥볼이나 던지지 마라."

"똥볼? 너 주자만 나가 봐. 아주 바닥을 기는 공을 던져줄 테니까."

"그러기만 해 봐."

장만호가 눈을 부라렸다. 그러거나 말거나 구현진은 협박성 멘트를 날리며 웃고 있었다. 두 사람이 서로 으르렁거리고 있을 때 버스가 목동구장에 도착했다.

관중석에는 이미 덕진고 응원단이 나와 벌써 열띤 응원을 펼치고 있었다.

"고고, 덕진! 고고, 덕진!"

약 육백 명으로 구성된 학생 응원단과 학부모들은 덕진고를 연호하며 선수들에게 힘을 북돋아 주고 있었다. 그에 비해 부산 제일고의 응원단은 초라했다.

"저게 응원단이가?"

응원단을 바라본 부산 제일고 선수가 소리쳤다. 관중석 한 편에 약 30여 명으로 구성된 응원단이었다. 그중 단연 돋보이는 존재는 바로 이순정이었다.

"이겨라! 제일고! 이겨라! 장만호! 아싸, 아싸! 파이팅! 우리 만호 최고다!"

아주 열성적으로 응원하는 이순정의 목소리는 부산 제일고 더그아웃까지 생생하게 들렸다.

"저게 뭐고?"

이순정을 본 구현진이 한마디 했다.

"진짜 저게 뭐꼬! 쪽팔리고로……"

난감한 얼굴로 더그아웃을 빠져나온 장만호도 한마디 했다. 이순정은 장만호를 발견하자 손을 흔들며 더욱더 열성적으로 응원했다.

"장만호! 장만호!"

장만호가 인상을 쓰며 고개를 돌리려 할 때 구현진이 말했다.

"야, 지금 순정이가 본다. 어서 손 흔들어줘."

장만호가 애써 미소를 지으며 손을 흔들었다.

"계속 본다. 하트라도 날려줘."

옆에서 구현진이 계속 조언을 해주었다. 장만호도 손 하트를 만들어 날려주었다. 그런 두 사람의 애정 표현을 지켜보던 상대 팀 고진욱 감독이 혀를 찼다.

"쯧쯧쯧. 부산 제일고 상태가 왜 저래? 아니면 우릴 상대로 여유가 있다는 건가?"

그러자 옆에 있던 코치가 말했다.

"설마 그렇겠습니까? 아니면 누구랑 싸우는지 기억도 못 하나 봅니다."

"우리가 상대니까 일찌감치 포기한 것일 수도 있지."

"그럴 가능성도 있겠네요."

"하긴 우릴 상대하려면 맨정신으로 힘들지. 봐, 멘탈이 반은 나간 것 같구먼. 그보다 선발이 구현진이라며?"

고진욱 감독의 물음에 코치가 재빨리 라인업을 확인했다.

"네. 그렇습니다."

"구현진이 누구야?"

"1학년 때에 불펜으로 나와 몇 번 던진 거 빼고는 없는데요. 다만 공이 좀 빨랐던 거 같습니다. 그런데 수술하고 나서 지난 대통령배에 던졌는데요. 그때 기록이……."

코치가 구현진에 대한 자료를 뒤져보았지만, 아무것도 없었다.

"없네요."

"뭐야? 잘 좀 찾아놓으라니까."

"솔직히 제 기억에 별로 대단하진 않았던 것 같습니다."

"확실해?"

"네."

"하긴……. 그런데 오늘은 왜 선발이지? 제일고 에이스는 조정훈 아니었어? 왜 그 녀석이 안 나오고?"

"글쎄요……. 조정훈이 나와도 안 될 것 같으니까 그런 거 아닐까요?"

"쯧쯧. 그래도 그러면 안 되지. 아무리 힘들어도 감독이 포기하면 쓰나. 하긴, 우릴 상대로는 뭘 해도 답답하겠지만."

덕진고 고진욱 감독은 여유가 넘쳤다.

"저기 감독님."

"왜?"

"오늘 끝나고 소주 한잔하셔야죠?"

"아이, 이 사람이. 경기도 끝나지 않았는데……."

"보나 마나 5회에 끝날 것 같은데요."

"그니까, 5회면 몇 시야?"

"아……."

코치는 그제야 감독의 의도를 깨달았다.

"낮술은 좀 그러시죠?"

"그렇지. 사람도 많은데……. 눈치 없이 말이야."

"네, 그럼 저녁에 보시죠."

고진욱 감독이 희미한 미소와 함께 가볍게 고개를 끄덕였다.

2.

잠시 후 양 팀 선수들이 그라운드로 나오며 곧 경기가 시작
되었다.

1회 초는 덕진고의 공격부터였다. 1번 타자는 덕진고 2루수
임진호였다. 오른쪽 타석에 들어선 임진호는 방망이를 짧게

잡고 섰다.

'구현진이라고 했지? 얼마나 잘하는지 볼까?'

장만호가 힐끔 임진호를 바라봤다.

'이 녀석은 발이 빠른 녀석이지. 기습 번트에도 능하고……. 일단은 조심해야겠지?'

장만호가 임진호에 대한 분석을 마친 후 초구 사인을 보냈다.

'덕진고를 상대로 초반부터 봐줄 필요 없어. 까다롭게 가자!'

장만호가 바깥쪽 꽉 찬 낮은 코스를 초구부터 던지게 했다. 구현진이 피식 웃으며 고개를 끄덕였다.

왼발의 위치를 투구판의 1루 쪽 끝에 두었다. 그리고 천천히 리프팅을 한 후 테이크백과 피니시까지 한 동작으로 이어 공을 던졌다.

퍼엉!

"스트라이크!"

1번 타자 임진호의 방망이는 꿈쩍도 하지 못했다. 자신의 눈에는 너무나도 멀어 보이는 코스였다.

'이게 스트라이크라고?'

임진호의 시선이 심판에게 향했다. 그러자 심판이 매섭게 말했다.

"뭐?"

"아닙니다."

임진호가 다시 타석에서 자세를 잡았다.

'공이 제법 까다로워.'

임진호가 방망이를 잡고 매섭게 노려보았다. 그사이 장만호가 힘차게 소리쳤다.

"방금 공 좋았어, 구현진!"

"당연하지!"

공을 건네받은 구현진이 두 번째 사인을 기다렸다. 장만호의 손가락이 움직였다.

'체인지업?'

구현진이 가볍게 고개를 끄덕인 후 똑같은 동작으로 공을 던졌다.

임진호는 초구와 같은 코스로 날아오자 눈을 반짝였다.

'똑같은 코스? 내가 그렇게 만만해 보여?'

임진호의 방망이가 빠르게 돌아갔다. 그런데 갑자기 공의 속도가 줄어들며 아래로 툭 떨어졌다. 임진호의 방망이는 허공을 가르며 투 스트라이크가 되었다.

"크윽, 뭐야? 체인지업?"

임진호는 살짝 당황했다. 그리고 타석을 벗어나 잠시 생각했다.

'가만. 공이 빠르고 체인지업까지 던지면 이거 치기 어렵겠

는걸. 이렇게 된 거 기습 번트라도 대는 시늉을 해볼까?'

생각을 정리한 임진호가 다시 타석에 섰다. 구현진이 사인을 받은 후 천천히 리프팅을 하였다. 곧 피니시 동작을 취하려고 할 때 임진호가 갑자기 번트 자세를 취했다.

'어? 번트?'

구현진이 순간 당황하며 자신이 놓으려는 포인트보다 약간 위에서 놓았다. 공은 일직선으로 날아갔다. 그런데 날아가는 코스가 번트 자세를 취한 임진호의 몸 쪽 높은 코스였다.

공이 마치 임진호를 덮치듯 날아들었다. 임진호는 반사적으로 몸을 뒤로 젖혔다. 하지만 그것도 잠시 화들짝 놀라며 뒤로 자빠졌다.

"어이쿠!"

그러나 공은…….

퍼엉!

"스트라이크 아웃!"

주심의 손이 올라가며 스트라이크 아웃 판정이 났다. 임진호는 당혹감을 감추지 못했다. 그리고 임진호의 시선이 자연스럽게 전광판으로 향했다.

그곳에 찍힌 구속은…….

[152km/h]

임진호의 눈이 크게 떠졌다. 덕진고 더그아웃에 있는 고진욱 감독도 놀라기는 마찬가지였다.

"뭐야? 저 녀석 뭐냐고?"

"글쎄요……"

최 코치가 고개를 흔들었다.

"최 코치는 경기 안 보고 뭐 했어!"

"그, 그게…… 감독님과 얘기 중이었잖아요."

"으구……"

고진욱 감독은 한심한 눈빛으로 바라본 후 곧바로 투수코치를 불렀다.

"김 코치, 저 녀석 방금 무슨 공을 던진 거야?"

"포심인 것 같습니다. 제법 공이 빠르네요."

"빨라? 도대체 얼마나 빠른데?"

"전광판에 찍힌 구속은 152㎞/h이었습니다."

"152㎞/h? 저 녀석 좌완이잖아!"

"네."

고진욱 감독은 눈을 끔뻑거리며 뭔가 이상함을 느꼈다. 그리고 그 예감은 빗나가지 않았다. 구현진은 2번 타자 소진우를 상대로 또다시 몸 쪽 높은 공을 던져 헛스윙을 유도, 삼진을 잡아냈다.

3번 타자 신주언은 2스트라이크 1볼에서 구현진의 체인지업을 퍼 올려 포수 파울플라이로 아웃되었다. 1회 초 덕진고의 공격은 삼진 2개, 파울플라이 1개로 끝이 났다.

구현진이 여유롭게 더그아웃으로 향했다. 그사이 중계진은 놀라움을 나타내고 있었다.

-아, 이거 의외인데요. 천하의 덕진고가 1회 초 공격을 이렇듯 허무하게 끝냈습니다.

-그렇습니다. 최근 경기에서도 덕진고가 1회를 이렇듯 빨리 끝낸 적이 없죠.

-맞습니다. 1라운드에서 1회 초에서만 무려 5득점을 했습니다. 그런데 오늘 부산 제일고를 상대로 1회 초 삼진 2개에 파울 아웃으로 맥을 못 추네요.

-따지고 보면 부산 제일고 구현진 투수의 구위에 밀렸다고 봐야 합니다.

-구현진 투수, 3학년인데요. 도대체 어디 있다가 지금 나타난 거죠?

덕진고 응원석도 일제히 웅성거리기 시작했다.

"뭐지?"

"도대체 어떻게 된 거야? 경기 시작한 거 맞지?"

"우리 덕진고가 1회 초를 삼자범퇴로 막힌 적이 언제였지?"

덕진고 응원단도 지금 상황이 믿어지지 않았다. 하지만 더 충격을 받은 쪽은 덕진고 고진욱 감독이었다. 그는 처음과 달리 매우 진지한 표정을 짓고 있었다.

'이대로는 불안해⋯⋯.'

고진욱 감독이 심각하게 고민을 하고 있을 때 오늘 선발인 2학년 권택진이 보였다.

"택진아."

"네, 감독님."

권택진이 냉큼 고진욱 감독에게 뛰어갔다.

"정신 차리고 공 똑바로 던져! 집중력을 가지고 말이야. 알 겠어?"

"아, 네에⋯⋯."

권택진이 고개를 갸웃했다.

'감독님께서 왜 저러시지? 내가 뭐 잘못했나?'

그 생각을 하며 권택진이 마운드에 올랐다. 구현진이 파놓은 흙을 자신에게 맞게 골랐다. 그러면서 고진욱 감독의 말에 따라 집중력을 가지고 신중하게 공을 던졌다.

비록 공을 좀 많이 던졌지만, 부산 제일고 1, 2, 3번 타자 모두 범타로 처리했다. 마운드를 내려가는 권택진은 미간을 찌푸렸다.

'별거 아닌데……. 그런데 감독님은 왜 그러시지?'

권택진이 의문을 가지며 더그아웃으로 돌아왔다. 그사이 마운드에는 구현진이 올라와 있었다.

덕진고의 클린업 타자인 4번 권정웅이 타석에 들어섰다. 우람한 체격에 매서운 눈빛을 가지고 있었다.

일발 장타력을 가지고 있기에 구현진도 신중하게 공을 던졌다. 1구는 바깥쪽으로 꽉 찬 스트라이크. 2구는 몸 쪽 깊숙하게 파고드는 볼이었다.

1스트라이크 1볼인 상황에서 카운트를 잡기 위해 던진 커브가 가운데로 몰렸다. 공을 던진 구현진도 실투라는 것을 깨달았다.

'이런……'

하지만 권정웅의 방망이는 포심 패스트볼에 맞춰 있었다.

딱!

권정웅이 타이밍을 놓치며 공이 방망이 끝에 맞았다. 하지만 워낙에 힘이 있는 강타자다 보니 공이 제법 멀리 날아갔다. 다행히 부산 제일고 중견수 권영호가 뒤로 조금 물러나며 잡았다.

장만호가 버럭 소리쳤다.

"야, 인마! 똑바로 안 던질래!"

"아, 미안, 미안!"

구현진이 글러브를 들어 사과했다.

5번 타자 길민제는 구현진의 초구를 때려 2루수 땅볼 아웃이 되었다. 그렇게 2아웃이 된 상황에서 6번 지명타자 최대희가 들어섰다.

장만호가 힐끔거리며 몸 쪽으로 앉은 후 미트를 들었다. 구현진은 장만호의 미트를 향해 정확하게 공을 꽂아 넣었다.

퍼엉!

"스트라이크!"

그리고 2구 역시 몸 쪽으로 던졌다. 포심 패스트볼과 똑같은 동작의 체인지업이었다. 최대희는 가라앉는 공을 따라가지 못하고 헛스윙, 2스트라이크에 몰렸다.

투수에게 절대적으로 유리한 볼 카운트에서 장만호는 우선 하나를 빼자고 했다.

'자, 서두를 필요 없어.'

장만호가 바깥쪽으로 빠지는 공을 요구했다. 그 사인을 본 구현진이 갈등했다.

'에이 씨, 굳이 빼야 해? 바로 정면 승부로 가면 좋겠는데…….'

하지만 그것도 잠시 구현진은 장만호가 보낸 사인대로 바깥쪽으로 빠지는 포심 패스트볼을 던졌다. 그런데 그 공에 최대희의 방망이가 같이 움직였다.

퍼엉!

"스트라이크 아웃!"

워낙에 빠른 공이라 최대희가 속은 것이었다. 구현진은 바깥으로 빠지는 공에 방망이가 따라오자 기분이 좋았다.

'어라? 이 공에 반응하네. 크흐흐!'

구현진이 피식 웃으며 더그아웃으로 터벅터벅 걸어갔다.

그렇게 5회까지 진행되는 동안 구현진은 안타 1개와 실책으로 두 명의 타자를 출루시켰다. 하나 맞은 안타 역시 정타가 아니라 빗맞은 공이었다.

실책도 3회에 나왔다. 범인은 이번에도 3루수 석정우. 석정우가 평범한 타구를 펌블한 탓에 구현진은 1사 1, 3루 위기를 홀로 헤쳐 나가야 했다.

구현진이 오늘도 실책을 범한 석정우에게 한 소리를 했다.

"너 이 새끼! 자꾸 이럴래?"

"죄송합니다, 선배님! 정말 죄송합니다."

석정우는 연신 고개를 조아리며 말했다.

"시끄럽고 점수 봐 봐. 0 대 0이지?"

"네."

"너 몇 번 타자야?"

"3번 타자입니다."

"3번 타자가 되어서 안타 하나도 없고 말이야. 이럴 때 홈런

하나 쳐야 할 거 아니야."

"그럼 홈런 치면 용서해 주시는 겁니까?"

"그래, 홈런 치면 봐줄게!"

"네, 알겠습니다. 꼭 홈런 치겠습니다."

석정우가 큰 소리로 말했다. 그사이 마운드로 올라온 장만호가 한마디 했다.

"넌, 애를 잡냐? 잡아?"

"그럼 어떻게 해? 믿을 만한 놈이 쟤뿐인데."

"동희도 있잖아."

"동희는…… 볼넷뿐이잖아."

"하긴……. 그보다 저 녀석 삼진으로 잡아야겠지?"

장만호가 대기타석에 있는 2번 타자 소진우를 바라보며 말했다. 그러자 구현진이 고개를 끄덕였다.

"그래야지."

구현진은 호언장담한 대로 타자를 삼진으로 돌려세운 후 3회 초를 끝냈다. 그리고 이후로도 꾸준히 호투하며 5회까지 무실점으로 덕진고의 공격을 막아냈다.

덕진고 2학년 투수인 권택진도 마찬가지였다. 안타 1개에 볼넷 4개만 내어주었다. 다소 제구력이 흔들렸지만, 무실점 피칭을 보여주고 있었다.

그렇게 팽팽하던 경기 분위기가 흔들린 건 5회 말이었다.

5회 말 부산 제일고 공격은 9번 박범진으로부터 시작되었다.

권택진은 9번 타자 박범진을 간단하게 잡은 후 다시 1번 송재혁을 상대했다. 송재혁은 뛰어난 선구안으로 권택진에게 볼넷을 얻어 1루에 나갔다.

그러자 부산 제일고 김명환 감독이 곧바로 작전을 펼쳤다. 2번 타자 이동우에게 번트 사인이 난 것이다.

딱!

이동우는 침착하게 1루 방향으로 번트를 댔다. 덕진고 1루수 이정호가 재빨리 달려가 공을 잡아냈다. 그사이 1루 주자는 2루에 안착했다.

그리고 잠시 후 3번 타자 석정우가 방망이를 휘두르며 나타났다.

권택진은 타석에 타자를 두고도 대기타석에 있는 한동희를 보고 있었다. 오늘 볼넷과 안타를 쳤기 때문에 지금 상황에서는 피하고 싶었다.

결국, 저번 타석에서 삼진으로 잡은 석정우를 상대해야 했다.

'이번에도 삼진으로 잡아낸다.'

권택진이 의지를 다지고 있을 때 구현진이 소리쳤다.

"정우야! 직구 치지 마! 알았지? 직구는 절대 치지 말고, 변화구만 노려!"

그러자 장만호가 말했다.

"야, 다 들리잖아."

"그러라고 한 거야."

"뭔 소리고?"

"일단 지켜봐!"

구현진이 피식 웃으며 다시 소리쳤다.

"정우야, 변화구를 노려! 변화구! 저 녀석 직구는 똥볼이야!"

구현진의 말을 듣고 권택진이 순간 움찔했다.

'뭐야? 내 직구가 똥볼이라고?'

하지만 포수 권정웅은 알았다. 구현진이 권택진을 도발하고 있다는 것을 말이다. 그러자 곧바로 변화구 사인을 보냈다.

그런데 권택진이 고개를 가로저었다. 다시 변화구 사인을 내보았지만 역시 고개를 가로저었다.

'아 씨……. 저 새끼 왜 저래?'

권정웅은 답답했다. 권택진이 구현진의 도발에 넘어간 것이었다. 그렇다고 지금 마운드에 올라갈 수도 없었다. 조금 전 안타를 맞고 마운드를 한 번 방문했었다.

'에이, 소심한 새끼! 그걸 곧이곧대로 믿어? 오냐, 알았다. 네 맘대로 던져봐.'

권정웅이 손가락 하나를 펼쳤다. 그것을 확인한 권택진이 고개를 끄덕였다.

'내 직구가 똥볼이라고? 이걸 보고도 그런 말이 나오나 어디 두고 보자. 잘 보라고!'

권택진이 바깥쪽을 향해 힘껏 공을 던졌다.

석정우의 눈이 반짝였다.

'오, 빠른 공!'

석정우의 방망이가 힘껏 돌아갔다.

딱!

펜스를 향해 다이렉트로 날아간 타구가 펜스 상단에 맞아 떨어졌다. 적시에 나온 2루타였다. 그사이 2루 주자는 홈으로 들어오고, 석정우 역시 무사히 2루에 들어갔다.

"그렇지! 새끼, 이제야 밥값 하네."

구현진이 손뼉을 치며 좋아했다.

"오오오오!"

석정우도 포효하며 더그아웃에 앉아 있는 구현진을 가리켰다.

"저 새끼가 선배한테 손가락질은……."

하지만 구현진의 입가에는 미소가 스르륵 번졌다. 그사이 4번 타자 한동희가 타석에 들어섰다. 그리고 기뻐하고 있는 구현진을 바라보았다.

'새끼, 아주 신났네. 오냐, 오랜만에 현진이 네가 선발인데

나라도 뭔가 해줘야겠지?'

한동희의 눈빛이 바뀌었다. 그리고 바깥쪽으로 빠지는 2구째 공을 결대로 가볍게 밀어쳐 1루수 키를 넘기는 2루타성 안타가 되었다.

2루 주자 석정우가 3루를 돌아 홈으로 밟았고, 한동희는 그 사이 2루에 안착했다.

단 두 번의 장타로 2점을 득점하며 먼저 앞서가는 부산 제일고였다. 그 장면을 바라보는 덕진고 고진욱 감독이 고개를 갸웃했다.

"경기가 이상하게 돌아가네?"

고진욱 감독은 자신이 생각했던 전개로 경기가 흘러가지 않자 조금씩 불안감에 휩싸였다.

3.

부산 제일고 5번 타자 권영호가 범타로 물러나면서 5회 말 공격이 끝났다.

-선취득점은 부산 제일고입니다.
-누가 상상이라도 했겠습니까? 부산 제일고가 지난 대회 준

우승 팀인 덕진고를 앞서고 있다는 사실을 말입니다.

-저 역시 생각지도 못했습니다. 이 이변은 제일고 구현진 선수가 이끌어냈다고 봐야겠죠.

-맞습니다. 강호 덕진고를 맞이해 전혀 주눅이 들지 않고, 강타선을 압도하고 있습니다.

-덕진고 타자들이 구현진의 구위에 눌려 손도 대지 못하고 있어요.

-그렇습니다. 빨리 공략할 방법을 찾아야 할 텐데요.

6회 초 구현진이 마운드에 오르기 위해 글러브를 챙겼다. 장만호도 장비를 착용하고 곧장 구현진 곁으로 갔다.

"현진아."

"왜?"

"방금 우리가 점수를 뽑았잖아. 그러니 이번 회 수비가 중요한 거 알제? 완벽하게 막아서 주도권을 완전히 우리 것으로 만들자. 알았제?"

"당연한 거 아냐?"

구현진이 피식 웃었다.

"오야!"

장만호도 웃으며 자신의 자리로 이동하려고 했다. 그런데 구현진이 장만호를 불렀다.

"만호야."

"와?"

"오늘 애들 집중력 쩌네."

"그게 우리 스타일이잖아."

"그런데 넌 왜 안타를 못 쳤을까?"

장만호가 움찔했다.

"야, 난…… 네 공 받느라 집중해서 그래."

"아이고, 명포수 나셨네."

"그보다 너 오늘 잘하면 7회? 아니면 8회까지는 던지겠네."

"뭐? 7회?"

그 순간 구현진은 자신의 투구수를 확인하며 상대 팀 타순을 생각했다.

'이거 애매한데……. 일단 1번 타순부터 시작이 되니까. 내가 삼자범퇴로 막는다는 가정하에 8회는 하위타순, 9회는 상위타선으로 이어져. 그럼 9회는 누가 막아?'

강타자가 즐비한 덕진고를 상대로 확실하게 마무리를 지어 줄, 믿을 만한 투수가 솔직히 없었다. 두 점을 리드하고 있다고 해도 덕진고의 타선이라면 순식간에 뒤집을 수 있는 점수였다.

물론 팀원들이 한 10점 정도 뽑아준다면야 기쁜 마음으로 마운드를 넘기겠지만 그럴 상황도 아니었다.

구현진의 시선이 자연스럽게 더그아웃에 앉아 있는 김창식에게 향했다. 2학년이 된 김창식은 부산 제일고의 마무리 투수였다. 빠른 공을 가졌지만 덕진고 강타자를 윽박지를 그런 패기는 아직 부족해 보였다.

"하아……."

구현진이 작게 한숨을 내쉬었다. 지금 상황에서는 어떻게 해서든지 8회까지 막고 생각해 봐야 했다. 그때까지는 투구수 조절을 할 필요가 있었다.

"일단은 맞혀 잡는 투구로 가야겠다."

구현진이 마운드 위에서 장만호를 불렀다.

"왜 자꾸 불러싸!"

"이번 회부터 맞혀 잡는 패턴으로 가자."

"뭐? 갑자기 와 그라노?"

"적어도 8회까지는 노려볼 생각이야."

구현진의 말에 장만호가 살짝 놀란 눈이 되었지만 이내 고개를 끄덕였다.

"오야, 알았다. 하지만 쉬운 공은 안 된다?"

"알고 있어."

장만호가 다시 자신의 자리로 갔다. 마운드 위에 있는 구현진은 다시 흙을 고른 후 투구판 끝을 밟고 섰다. 현재까지 구현진의 투구수는 67개에 삼진 7개를 잡고 있었다.

'한계 투구수가 100개라면 33구 남았는데, 과연 잘할 수 있을까?'

구현진은 사뭇 걱정되었다. 하지만 이미 결정을 내린 거 망설일 필요는 없었다.

"어차피 해봐야 아는 거야."

구현진이 단단히 고개를 끄덕였다.

덕진고는 다시 1번 타자부터 공격이 시작되었다.

"아직 반격할 기회는 얼마든지 있어. 하나씩, 차근차근해 나가자!"

덕진고의 고진욱 감독이 손뼉을 치며 타자들을 독려했다. 대기타석에 있던 1번 타자 임진호가 타석에 들어섰다. 세 번째 타석에 들어서는 만큼 임진호의 눈빛이 예사롭지 않았다.

'이번에는 반드시 살아나간다!'

임진호의 결의가 통했을까?

몸 쪽으로 날아오는 체인지업을 힘껏 잡아당겼다.

딱!

공의 윗부분을 강타한 후 홈 플레이트 앞쪽에 맞고 높이 치솟았다. 공은 3루 방향으로 날아갔다.

"제가 잡을게요!"

3루수 석정우가 앞으로 뛰쳐나왔다. 그런데 공의 체공시간이 제법 길었다. 그사이 석정우는 힐끔 주자를 확인했다. 어느

새 반까지 달려가고 있었다.

'빠, 빠르다.'

동시에 잡아챈 공을 글러브에서 빼내려 했다. 주자는 어느덧 1루에 가까워졌다. 맘이 급한 석정우가 주자를 다시 확인하는 사이 글러브에 있던 공이 손에서 미끄러지며 떨어졌다.

"젠장!"

석정우가 화들짝 놀라며 재빨리 공을 다시 주워 1루에 던져 보았지만, 임진호는 이미 1루 베이스를 밟고 지나간 후였다.

"세이프!"

"이런……."

구현진이 안타까워했다. 3루수 실책으로 기록되었지만 어쨌든 첫 주자를 내보냈다는 것은 뼈아팠다. 석정우가 재빨리 구현진에게 뛰어갔다.

"죄송합니다, 선배님!"

"괜찮아, 인마. 그래도 너 알지?"

"뭘요?"

"홈런으로 갚아!"

"네, 알겠습니다."

석정우의 표정이 한결 밝아졌다.

구현진은 1루에 있는 임진호를 보았다. 임진호는 발도 빠르고 작전 수행 능력도 뛰어났다. 전형적인 1번 타자감이었다.

'투구수를 줄여야 할 판에 주자를 내보내다니. 일단은 더블 플레이를 유도해야겠어.'

구현진은 투구수를 관리하며 위기를 넘기기 위해서는 병살을 노리는 수밖에 없다고 판단했다. 물론 생각처럼 된다면 좋겠지만, 야구라는 것이 워낙에 변수가 많았다. 또한 상대 팀이 어떤 작전으로 나올지도 몰랐다.

ㄴ그러는 사이 덕진고 2번 타자 소진우가 나왔다. 구현진이 장만호에게서 사인을 받았다. 구현진이 던질 준비를 하자 소진우가 번트 자세를 취했다.

물론 예상했던 시나리오였다. 더블플레이를 당하느니 차라리 주자를 2루로 보내 득점권에 두는 것이 당연한 판단이었다.

'번트? 1루 주자를 2루에 보내겠다는 작전이네. 이러면 더블 플레이는 힘든데……'

구현진의 머릿속이 복잡해졌다. 구현진이 마운드에 서서 1루 주자를 바라보았다.

1루 베이스에서 슬그머니 리드를 시작했다. 하지만 그리 크게 리드는 하지 않았다. 이것만 봐도 덕진고가 번트를 노리고 있음은 확실했다.

'그렇다면 주자보다는 타자에 집중할 때야.'

구현진이 고개를 돌려 타자를 바라보았다. 그때 1루에 있던 임진호가 다시 한 발을 더 리드했다는 사실을 구현진은 눈치

채지 못했다.

구현진이 재빨리 투구 동작에 들어갔다. 그때를 같이해 임진호가 스타트를 끊었다. 장만호의 시야에 임진호의 도루 시도가 포착되었다.

'어? 도루?'

장만호가 그 생각을 하고 있을 때 2번 타자 소진우는 방망이를 뺐다.

퍼엉!

몸 쪽 떨어지는 체인지업을 포구한 장만호가 2루로 힘껏 공을 던졌다.

촤라라락!

임진호가 헤드퍼스트 슬라이딩을 시도했다. 공이 다소 높게 들어왔고, 재빨리 포구해 태그를 시도했지만, 임진호의 손이 먼저였다.

"세이프!"

장만호와 구현진의 허를 찌르는 도루였다. 이로써 노아웃에 주자 2루가 되었다.

구현진은 황당한 얼굴로 멍하니 있었다. 번트를 댈 줄 알았는데 알고 보니 도루 작전이었다.

덕진고 고진욱 감독의 작전이 완벽하게 들어맞았다. 발 빠른 임진호에 대한 믿음이 없었다면 결코 낼 수 없는 작전이었다. 왜 덕진고가 강한지 새삼 느낄 수 있었다.

"허허……."

김명환 감독도 의자에 앉아 헛웃음을 흘렸다.

"쳇! 한 방 먹었네."

구현진은 고개를 절레절레 흔들며 로진백을 툭툭 건드렸다. 그리고 다시 마운드에 섰다. 타석에 서 있는 소진우가 이번에는 아예 대놓고 번트 자세를 취했다.

딱!

공은 3루 방향으로 굴러갔다. 석정우가 이번에는 실수 없이 공을 처리해내 타자 주자를 잡아냈다. 그렇게 1사 3루 위기에 몰렸지만, 구현진은 애써 침착함을 유지했다.

"괜찮아, 이번에도 잘 막으면 되지."

장만호도 고개를 끄덕였다.

"자자, 집중! 집중!"

장만호가 내야수들을 향해 소리쳤다. 그러자 내야수들이 약간 앞으로 나오며 전진수비를 펼쳤다. 한 점도 주지 않겠다는 수비 포메이션이었다.

그리고 3번 타자 신주언이 들어섰다. 신주언 역시 한 방이 있는 타자이기에 큰 것을 조심해야 했다. 구현진이 장만호와 사인을 주고받았다.

'점수를 주지 않으려면 공을 까다롭게 다시 가야겠다. 투구

너 멋대로 던져라 1

수는 좀 늘어나겠지만, 어차피 지금은 그 방법밖에 없어.'

구현진도 장만호와 같은 생각이었다. 장만호의 사인을 보고 어렵게 간다는 것을 금방 알았다.

'초구 바깥쪽 꽉 찬 공!'

퍼엉!

"스트라이크!"

역시 이 공에는 타자들이 꿈쩍도 하지 않았다. 2구 역시 바깥쪽에 떨어지는 체인지업에 꿈쩍도 하지 않았다. 3구도 마찬가지였다.

1스트라이크 2볼인 상황에서 4구 몸 쪽 깊숙이 들어가는 포심 패스트볼을 던졌다. 3번 신주언도 마치 그것을 기다렸다는 듯이 힘껏 잡아 돌렸다.

딱!

공은 방망이 안쪽에 맞으며 땅볼이 되었다. 3루수와 유격수 사이로 굴러가는 공이었다. 그사이 3루 주자가 스타트를 끊었다.

부산 제일고는 전진수비를 펼치고 있었기 때문에 조금만 늦어도 안타가 될 타구였다. 유격수 이동우가 몸을 날려 슬라이딩했다.

"얏!"

글러브를 낀 팔을 쭉 뻗었다. 다행히 빠져나갈 뻔했던 공이 이동우의 글러브 안으로 쏙 들어왔다. 그리고 재빨리 몸을 일으켜 홈에 던지려고 했지만, 임진호의 발이 워낙에 빨라 홈에서의 싸움은 늦은 상태였다.

결국, 1루로 송구해 아웃카운트 하나를 늘리는 것으로 만족해야 했다. 구현진은 어쩔 수 없다는 듯 고개를 끄덕였다.

"괜찮아, 어차피 줄 점수였어."

그나마 다행인 것은 상대 팀이 1득점을 했지만, 구현진의 실점은 아니었다. 득점한 주자가 실책으로 나갔기 때문에 자책점은 아니었다.

구현진이 크게 심호흡을 하고 전광판을 바라보았다. 6회 초에 0이 아닌 1이 찍혀 있었다.

"아, 2 대 1이 되어버렸네."

구현진은 바짝 따라잡힌 상황에서 덕진고 4번 타자를 상대했다.

빠른 속구와 체인지업으로 투 스트라이크를 잡은 후 몸 쪽 하이 패스트볼로 헛스윙 삼진을 잡았다.

"후우……."

구현진은 이닝을 끝내고 유유히 마운드를 내려왔다. 비록 6회 초에 1점을 내줬지만, 다행히 투구수는 많지 않았다. 6회에 던진 10개를 더해 총 투구수가 77개였다. 이제 100개까지 남은 투구수는 23개였다.

6회 말 부산 제일고 타자들이 올라왔다. 그러나 별다른 힘을 쓰지 못하고 세 타자 모두 범타로 물러났다.

7회 초가 되면서 다시 구현진이 마운드에 올랐다. 덕진고의 5, 6, 7번을 상대해야 했다. 역시 구현진은 투구수를 아끼기 위해 맞혀 잡는 투구를 펼쳤다.

5번 타자 길민제를 2구 만에 땅볼로 잘 잡아냈다. 그런데 6번 타자 최대희가 문제였다.

최대희는 초구와 2구를 그냥 지켜보았다. 3구째 몸 쪽으로 들어오는 포심 패스트볼을 때렸지만, 뒤로 넘어가는 파울이 되었다.

그리고 4구째. 구현진은 바깥쪽으로 떨어지는 체인지업을 던졌다. 그런데 최대희가 엉덩이를 쑥 빼며 한 손을 놓았다.

딱!

최대희가 툭 건드린 공은 작은 포물선을 그리며 1루수 키를 넘어가는 안타가 되었다. 한 손을 놓은 것이 오히려 전화위복이 되었는지 공을 건드릴 수 있었던 것이다. 거의 반사적으로 나온 스윙이었다.

부산 제일고 1루수 김혁민이 점프해서 잡아보려 했지만 소용없었다.

"이건 어쩔 수 없네."

구현진은 솔직히 기분이 썩 좋진 않았다. 두 개의 안타 모두

정타가 아니라 빗맞은 안타였다. 던지는 입장이나, 수비하는 입장이나 힘 빠지게 하는 안타였다.

1사 1루인 상황에서 덕진고는 다시 번트 지시를 내렸다. 구현진을 상대로 장타를 노리는 것은 어렵다고 판단을 내린 것이었다. 그래서 고진욱 감독은 일단 동점이라도 만들자며 득점권 주자에 타자를 보내기로 한 것이었다.

구현진은 번트를 댈 수 있게 가운데로 체인지업을 던졌다. 물론 쉬운 공은 주고 싶지 않았다. 하지만 7번 타자 이정호가 1루수 방향으로 절묘하게 번트를 댔다.

1루수 김혁민이 달려 나와 공을 잡았다. 그사이 1루 주자는 2루에 도착했다. 2루수 송재혁이 1루까지 백업 와서 김혁민이 던져주는 공을 받아 이정호를 아웃시켰다.

이로써 덕진고는 2사 2루, 또다시 득점권에 주자를 내보낼 수 있었다.

구현진은 여기서 힘을 아낄 필요가 없었다. 어차피 안타 하나 맞으면 무조건 동점이 되기 때문이었다.

퍼엉!

펑!

퍼엉!

150㎞/h가 넘는 빠른 공으로 내 외각을 파고들었다. 구현진은 스트라이크존을 넓게 보며 공을 던졌다.

그리고 마침내 2스트라이크 1볼 상황에서 바깥쪽 꽉 찬 체인지업으로 헛스윙을 유도, 타자를 삼진으로 돌려세웠다. 득점권에 주자가 나간 상황에서 구현진은 무사히 7회를 막을 수 있었다.

-구현진 선수 7회까지 벌써 9번째 삼진을 잡아내고 있습니다.
-빠른 포심 패스트볼로 내·외곽을 꽉 차게 노려 카운트를 잡고, 체인지업으로 마무리 짓는 투구가 가히 일품입니다.
-자세히 보니 미국 메이저리그 다저스의 유현진을 보는 듯하지 않습니까?
-그러고 보니 투구폼이나 체인지업까지 유현진을 많이 닮은 것 같습니다.
-닮은 것보다는 거의 복사 수준인데요.

중계진이 멘트를 날리는 사이 벤치에 앉은 구현진이 수건으로 땀을 닦았다. 이때까지 구현진의 투구수는 7회에 던진 11구를 포함해 88개였다. 다행히 8회에도 나갈 수 있었다.

그 순간 경쾌한 방망이 소리가 들려왔다. 구현진이 눈을 크게 뜨며 벤치에서 일어났다.

"가라! 가라! 가!"

부산 제일고 선수들이 간절히 기도했다. 그러나 공이 갑자기 힘을 잃더니 우익수 워닝트랙에서 잡혀 버렸다.

"아아……."

"아깝다!"

"바람이라도 좀 타지!"

아쉬운 탄식이 흘러나왔지만, 구현진은 애써 침착함을 유지했다.

"점수를 뽑아주면 좋겠지만……. 일단 내가 8회까지 막으면 답이 나오겠지."

하지만 9회가 문제였다.

'이대로 가면 9회는 중심타자인데…….'

구현진이 중얼거리고 있을 때 김창식이 글러브를 들고 불펜으로 향했다. 아무래도 김명환 감독의 지시가 내려진 모양이었다.

'점수를 조금만 더 뽑아주면 내가 맘 편히 교대를 해주겠는데…….'

구현진이 그 생각을 하고 있을 때 부산 제일고 세 번째 타자가 땅볼로 아웃되며 7회 말 공격이 끝났다.

구현진이 곧바로 글러브를 챙겨 마운드로 향했다. 마운드에 오른 구현진은 다시 흙을 고른 후 몸을 돌려 전광판을 보았다.

스코어는 여전히 2 대 1이었다. 8회 초 덕진고의 공격은 9번 타자부터 시작이었다.

구현진은 선두 타자를 상대로 두 개의 공을 던져 2루수 땅볼 아웃을 만들어냈다. 그리고 마침내 딱 90개의 공을 던진 상황에서 1번 타자 임진호를 맞이하게 되었다.

'까다로운 녀석인데……'

구현진은 마운드를 내려가 로진백을 툭툭 건드렸다. 임진호를 어떻게 상대해야 할지 머릿속으로 생각했다.

'맞혀 잡아야 하나? 하지만 발이 워낙에 빨라서 말이지……'

구현진이 여러 가지로 고민하고 있을 때 장만호가 한가운데로 미트를 들었다.

'뭔 생각을 그리 복잡하게 해! 그냥 눌러 버려! 내가 다 받아 줄 테니까.'

장만호의 의지가 담긴 눈빛을 보고 구현진은 가볍게 미소를 보였다.

'새끼……. 이럴 땐 정말 의지가 된다니까.'

구현진이 호흡을 조절하며 투구판을 밟았다.

'그래, 질질 끌지 말자!'

구현진이 천천히 리프팅을 했다. 그리고 발을 힘차게 내차며 공을 던졌다.

후앗!

공은 정확하게 한가운데로 날아갔다.

타석에 있던 임진호는 순간 깜짝 놀랐다. 공이 한가운데로 날아올 것이라고 전혀 생각지 않았다. 그렇다고 이 공을 놓칠 생각도 없었다.

'내가 이런 공을 놓칠 리가 없지!'

임진호의 힘껏 방망이를 잡아 돌렸다. 그런데 공이 한가운데에서 뚝 가라앉았다.

'어?'

그사이 방망이는 공의 윗부분을 때렸다.

딱!

타구가 땅에 붙어 3루수 방향으로 흘렀다. 석정우는 저번과 같은 실수를 반복하지 않았다. 침착하게 공을 잡은 후 1루에 던졌다.

"아웃!"

간발의 차이로 임진호를 아웃시켰다. 이번에도 조금만 더뎠으면 세이프가 될 뻔한 상황이었다. 그만큼 경계해야 할 타자를 잡아 한숨 돌렸다.

구현진은 석정우가 혹여 또 실수할까 봐 조마조마했었다. 그러나 매끄러운 수비를 본 후 한시름 놓았다.

"아주, 네가 날 들었다 놨다 한다."

"네?"

석정우가 고개를 갸웃했다.

"좋았다고, 인마!"

"아……. 두 번 실수는 안 하려고요."

석정우가 피식 웃었다.

"그래, 제발 그래줬으면 좋겠다."

구현진이 말을 한 후 다시 마운드에 올랐다. 2번 타자 소진우를 우익수 플라이 아웃으로 잡아내며 8회 초 공격이 끝이 났다. 이때까지 구현진의 투구수는 95개였다.

더그아웃으로 돌아온 구현진이 수건으로 땀을 닦았다. 그 옆으로 김명환 감독이 다가왔다.

"고생했다. 여기까지 하자!"

김명환 감독의 말을 듣고 구현진은 쉽게 결정을 내리지 못했다. 원래대로라면 김창식에게 마무리를 맡기는 것이 맞았다.

하지만 9회 초는 덕진고의 클린업 트리오를 상대해야 했다. 구현진은 쉽게 교대하고 싶지 않았다.

"감독님, 완투하고 싶어요."

"하지만 창식이가 몸을 다 풀었는데?"

"제가 던지게 해주세요."

"너 지금 몇 개나 던졌는지 알아?"

"알고 있어요. 그런데 감독님, 저…… 100구가 한계일까요?"

"뭐?"

김명환 감독의 눈이 커졌다.

"왠지 저는 아닌 것 같아요. 일단 100구로 한계를 지었지만…… 제 어깨는 아직 멀쩡해요."

"현진아."

"감독님, 죽이 되든 밥이 되든 이번 경기는 제가 할게요. 제가 몇 구까지 던질 수 있는지 한번 시험해 보고 싶어요."

구현진의 말을 들은 김명환 감독이 결심했는지 진중한 표정을 지었다.

"그래, 내 이제 와 하는 말이지만 믿을 건 너밖에 없다. 확실히 잡고 와!"

"네! 감사합니다, 감독님!"

김명환 감독이 고개를 끄덕인 후 자리로 돌아갔다. 그사이 부산 제일고의 8회 말 공격이 끝이 났다.

구현진이 글러브 챙겨 마운드로 향했다. 덕진고의 고진욱 감독은 마지막 공격을 앞두고 선수들을 불렀다.

"체인지업은 버려! 아무리 투구폼이 똑같다고 해도 구속 차이는 확실하게 있어. 그러니까 포심만 노려! 알겠나?"

"넵!"

구현진은 로진백을 들어 툭툭 손에 묻혔다.

"후우……."

손바닥에 가득 묻은 로진 가루를 불어내며 구현진은 홈 플레이트 쪽을 바라보았다.

장만호가 미트를 만지고 있었다. 그리고 우타석 앞에서 덕진고 3번 타자 신주언이 힘차게 방망이를 돌리고 있었다.

　후웅! 후우웅!

　방망이가 허공을 가를 때마다 날카로운 소리가 나왔다. 마운드에 있는 구현진의 귀에까지 들렸다.

　"아주 독기가 올랐네."

　구현진이 느긋하게 투구판을 밟았다. 가볍게 호흡을 고른 후 힘껏 공을 던졌다. 공이 일직선으로 날아가 바깥쪽에 꽂혔다.

　퍼엉!

　타자의 눈에서 가장 멀어 보이는 낮은 아웃코스였다.

　"스트라이크!"

　심판의 손은 여지없이 올라갔다. 공을 건네받은 구현진이 2구째는 몸 쪽으로 떨어지는 체인지업을 던졌다. 신주언이 움찔했지만 역시 방망이는 나가지 않았다.

　'이게 체인지업이네. 좋아. 확실히 구속 차이는 있어. 고를 수 있다.'

　신주언의 눈빛이 갑자기 자신감에 가득 찼다.

　1스트라이크 1볼.

　3구째 공이 바깥쪽 포심 패스트볼이 들어왔다. 신주언의 방망이가 힘껏 돌아갔다.

　딱!

공은 1루 측 관중석에 떨어지는 파울이 되었다. 2스트라이크 1볼. 신주언은 다음 공이 체인지업으로 들어올 거라는 걸 알았다. 구현진 역시 체인지업을 던질 생각이었다.

하지만 2구째 던진 체인지업하고는 달랐다. 4구째 구현진이 던진 체인지업은 혼신의 힘을 다해 던진 것이었다. 그 기백이 공에 전달되었는지 신주언이 보는 공은 마치 포심 패스트볼처럼 느껴졌다.

'어?'

신주언이 자신도 모르게 방망이를 돌렸다. 그런데 홈 플레이트 앞에서 뚝 하고 떨어졌다. 방망이는 여지없이 허공을 갈랐고, 헛스윙이 되었다.

"스트라이크 타자 아웃!"

심판의 우렁찬 콜 소리가 들려왔다.

"젠장!"

신주언은 체인지업에 방망이가 나갔다는 것에 화가 났다. 몸을 돌려 터벅터벅 더그아웃으로 향했다. 그때 대기타석에 있던 4번 타자 권정웅이 한마디 했다.

"체인지업에 나가지 말라니까."

"너도 타석에 서 봐! 그렇게 되나!"

"훗. 난 너와 달라."

"지랄!"

고진욱 감독이 무서운 눈으로 더그아웃으로 돌아온 신주언을 노려보았다.

"이 새끼야, 넌……."

"죄송합니다, 감독님."

고진욱 감독이 혀를 찼다.

"쯧. 이래서 되겠어?"

그러자 옆에 있던 코치가 나섰다.

"정웅이는 다를 겁니다."

코치의 말에 고진욱 감독의 시선이 4번 타자 권정웅에게 향했다.

"제발 그랬으면 좋겠지만……."

권정웅도 똑같은 투구폼에 현혹되지 않으려고 했다.

'속지 말자, 속지 말자!'

속으로 되뇌며 굳게 결심하고 타석에 들어섰다. 그런데 초구 체인지업이 들어오자 곧바로 방망이가 나갔다.

딱!

고진욱 감독의 표정이 더욱 굳어졌다.

"이것들이 내 말을 똥으로 듣나. 왜 하지 말라는 것을 하고 있지?"

권정웅이 친 공은 다행히 파울이 되었다. 하지만 타석에 들어서기 전 권정웅은 포심 패스트볼보다는 체인지업을 공략하는 것이 자기의 어퍼 스윙과 어느 정도 맞는다고 생각했다.

그래서 대기타석에서 체인지업 타이밍을 확인했다.

권정웅이 방망이를 몇 번 휘두르고는 다시 타석에 섰다. 두 번째 공이 몸 쪽으로 떨어지는 체인지업이 들어왔다. 권정웅의 눈빛이 반짝였다.

"어딜!"

정확한 타이밍에 체인지업을 걸어 올렸다.

딱!

공이 높은 포물선을 그리며 좌익수 방향으로 날아갔다. 구현진이 고개를 돌려 타구를 확인했다. 권정웅도 방망이를 돌린 상태에서 가만히 타구를 지켜보았다.

타구는 점점 왼쪽으로 휘어지더니 파울 폴대를 살짝 비껴가는 대형 파울 홈런이 되었다.

"아아아⋯⋯."

덕진고의 더그아웃에서는 안타까움의 탄식이 흘러나왔다.

반면 구현진은 가슴을 쓸어내렸다.

'제길. 넘어가는 줄 알았네.'

권정웅도 안타까워했다.

'너무 빨리 돌았나?'

일단 권정웅은 느낌이 좋았다. 왠지 체인지업을 칠 수 있을 것 같았다.

'좋아. 감 잡았어!'

권정웅은 자신만만한 표정으로 타석에 섰다. 몇 번 방망이를 휘두르고는 자세를 잡았다.

그리고 구현진의 3구째 다시 바깥쪽으로 떨어지는 체인지업을 던졌다. 그것마저 파울이 되었다. 장만호가 피식 웃었다.

'오호라. 네 녀석은 체인지업만 노린다 이거지. 그럼 이건 어때?'

장만호의 미트가 몸 쪽 가슴팍에 두었다. 구현진이 가볍게 고개를 끄덕이고는 그곳을 향해 힘껏 던졌다.

몸 쪽으로 날아오는 공에 권정웅은 자신도 모르게 방망이를 돌렸다.

퍼엉!

"스트라이크! 타자 아웃!"

우타자의 가슴팍을 공략하는 몸 쪽 높은 코스. 권정웅의 눈이 체인지업에 익숙해졌기에 갑자기 날아든 포심 패스트볼에 미처 따라갈 수 없었다.

구현진은 2타자 연속 삼진을 잡고, 로진백을 툭툭 건드렸다. 이제 한 타자만 잡으면 완투승을 할 수 있었다.

이를 지켜보는 고진욱 감독은 답답했다.

"저런……."

고진욱 감독이 이를 악물었다. 눈을 부라리며 들어오는 권정웅을 노려보았다.

"체인지업을 치지 말라고 했는데……. 체인지업만 치고 있고……."

"죄송합니다……."

권정웅은 고개를 푹 숙인 채 벤치로 가서 앉았다. 고진욱 감독이 그 모습을 한심스럽게 바라보고는 타격코치를 보았다.

"김 코치! 이렇게 해서 되겠나? 이제 아웃카운트 하나 남았어."

그러자 타격코치가 말했다.

"걱정하지 마십시오. 제가 키운 타자들입니다. 분명히 반전을 이루어 낼 수 있습니다."

하지만 반전은 없었다.

퍼엉!

"스트라이크 타자 아웃!"

구현진이 던진 투혼의 108구로 인해 부산 제일고는 황금 사자기 대회 8강에 진출했다.

4.

스포츠 채널에서 〈베이스볼 투데이〉가 오늘 하루를 마무

리하고 있었다. 여자 아나운서를 필두로 해설진 두 명이 나와 이야기를 주고받았다.

"끝으로 오늘은 고교야구 소식 하나 준비되어 있죠? 이종인 위원님께서 준비해 주셨는데요."

여자 아나운서 오른편에 앉아 있던 이종인 해설위원이 곧바로 말을 받았다.

"네. 오늘 고교야구에서 아주 재미난 기록이 있었는데요."

"재미난 기록요? 오늘 경기는 서울의 강호 덕진 고등학교와 부산 제일 고등학교의 대결이었는데요. 부산 제일 고등학교가 이겼어요."

"그렇습니다. 부산 제일 고등학교의 투수 구현진 선수가 완투승을 한 경기인데요. 9회까지 108구를 던졌습니다."

"아, 무쇠 팔이네요. 그런데 그것이 중요한가요? 아니면, 투수가 강철 어깨인 것이 포인트인가요?"

"하하, 그게 아닙니다. 부산 제일고 구현진 투수가 9회까지 완투를 했는데 단 한 점도 주지 않았다는 겁니다."

여자 아나운서가 놀란 눈으로 말했다.

"어? 어떻게 그럴 수가 있죠? 1점도 내주지 않았다면 완봉이 아닌가요?"

"맞습니다. 하지만 정답은 이것입니다."

이종인 해설위원이 화면을 가리켰다. 그곳에 비자책점 1점이라고 적힌 문구가 떴다.

"바로 이것입니다. 비자책점! 득점한 주자가 바로 실책으로 나간 선수였습니다."

"아, 이렇게 되면 투수에게는 비자책점으로 올라가 1점을 줬다고 해도 자책점은 0이 되는 것이군요."

"네, 그렇습니다."

"아, 정말 아깝네요."

"그렇죠. 실책으로 점수를 내주지 않았다면 완봉으로 정정되었을 텐데요."

"이런 경우는 프로에서도 보기 힘든 장면이라, 한번 소개를 해드린 겁니다."

"그 투수 정말 대단하네요. 부산 제일고 구현진 투수죠?"

"네, 구현진 투수입니다."

그러자 또 다른 남성 해설위원인 이호진이 나섰다.

"이야, 현진이란 이름이 대부분 야구를 잘하네요."

"하하! 그렇군요. 다저스의 유현진! 구현진! 둘 다 현진이라는 이름이네요."

"어? 그렇게 되네요. 어쨌든 구현진 선수 열심히 잘해서 유현진 선수처럼 훌륭한 선수로 자라길 바랍니다. 그럼 베이스볼 투데이는 여기까지입니다. 편안한 밤 되세요."

여자 아나운서의 인사로 베이스볼 투데이가 끝이 났다. 그 순간 그 밑에 구현진에 대한 댓글이 빠르게 달리기 시작했다.

└ 야, 구현진이 누구야? 혹시 아는 사람?

└ 유현진 짝퉁인가?

└ 아, 나 그 경기 봤는데 완전히 리틀 유현진이라고 해도 손색이 없
을 정도로 대단한 투구를 펼쳤어.

└ 맞아. 투구폼이며, 스타일 게다가 빠른 공과 체인지업까지 던지는
것이 모두 유현진 판박이야.

└ 이보세요, 님들! 아무거나 갖다 붙이지 마세요. 듣는 유현진 선수
기분 나쁠 수도 있어요.

└ 하긴, 유창석도 유현진이 될 뻔했지!

└ 야! 그 새끼 얘기는 왜 꺼내!

└ 마, 내가 못 할 말 했나?

└ 여기서 싸우지 마세요.

└ 지랄들을 해요. 아주!

그런 댓글을 지켜보던 구현진의 아버지가 혀를 찼다.

"쯧쯧, 이놈아들은 쓰잘데기없이 우리 아 얘기를 해쌌노."

아버지가 인터넷 창에 뜬 기사를 닫았는데 갑자기 실시간
검색어에 구현진 이름이 올라와 있었다. 그것도 무려 7위였다.

"오! 이게 뭐꼬?"

아버지의 눈이 크게 떠졌다. 다시 확인해도 구현진이었다.

"이게 어떻게 된 일이고?"

그 밑으로 '구현진 완투, 완봉'이란 검색어도 같이 올라왔다. 아버지가 미소를 지었다.

"허허, 우리 아들 이름이 실시간 검색어에 올라오네."

아버지가 좋아하며 보고 있을 때 샤워를 마친 구현진이 거실로 나왔다.

"아빠 뭐예요?"

"어? 아, 아무것도 아니다."

아버지는 모니터 화면에서 시선을 뗐다. 구현진이 수건으로 머리를 털며 힐끔 모니터로 시선이 갔다.

"왜요? 제 기사라도 떴어요?"

"치아라 마! 내가 네 기사를 왜 보노."

"어? 오늘 나 잘했는데……."

"완투잖아. 완봉이 아니라, 완투!"

"그거 실책 때문에 된 거잖아요. 원래는 완봉이에요."

"어쨌든 완투잖아! 일단 완봉하고 나서 얘기해라."

아버지는 완고했다.

"쳇! 내가 치사해서 완봉하고 만다."

구현진이 투덜거리며 자신의 방으로 들어갔다. 그 모습을 보던 아버지는 씨익 웃으며 다시 모니터로 향했다.

"올라라, 올라라······."

아버지는 중얼거리면서 실시간 검색어를 확인했다. 그런데 5위까지 올라갔던 검색어가 다시 7위로 떨어져 있었다.

"어? 왜 이렇게 떨어졌지."

아버지는 곧바로 검색창에 '구현진' 아들의 이름을 쳤다.

"구. 현. 진······. 안 되면 나라도 올려야지!"

아버지는 독수리 타법으로 한 자 한 자 입력한 후 엔터를 눌렀다.

"올라라, 올라라······."

아버지는 마치 주문이라도 외우는 듯 모니터를 보며 중얼거렸다.

5.

한 경기로 선수를 평가할 수는 없지만, 구현진의 이름이 인터넷을 통해 많이 알려졌다. 그러자 덩달아 부산 제일고도 이름이 꽤 알려졌다.

그리고 황금 사자기 8강전이 치러졌다.

조정훈이 선발로 나서서 7회까지 4점을 내줬다. 그런데 타선이 상대 팀 에이스에게 묶이는 바람에 2점밖에 얻지 못했다.

결국 4-2로 패배하고 말았다. 패배한 조정훈이 구현진에게 다가갔다.

"미안하다."

"네가 뭐가 미안해. 잘했어. 정말 잘 던진 거야!"

"그래도……."

조정훈은 괜히 구현진에게 미안했다.

"괜찮아. 다음에 잘 던지면 되는 거야."

구현진이 조정훈을 격려해 주었다. 하지만 조금 아쉽기는 했다. 한 경기만 더 나갔으면 4강이었다.

그래도 전국에 이름을 알리려면 4강 정도는 들어줘야 했다. 그래야 TV에도 나오고 어느 정도 강호에 속할 수 있었다. 그런데 4강 문턱에서 좌절되었으니 조금 아까웠다.

김명환 감독도 마찬가지였다.

"내가 투수 운영을 잘못했나?"

김명환 감독은 투수 라인업을 보며 깊은 고민에 빠져들었다.

그 후 황금 사자기가 끝나고 3주 뒤. 봉황기 대회가 찾아왔다. 그때 김명환 감독은 이수민-조정훈-구현진으로 이어지는 로테이션을 구상했다.

1라운드 이수민이 등판에 5-3으로 승리했다. 2라운드에서도 조정훈이 등판에 8-2로 승리해 3라운드에 진출했다.

구현진은 3라운드에서 7이닝 무실점 완봉승을 거두었다.

이번에는 타자들의 집중력도 돋보였다. 그런데 솔직히 따지고 보면 군이 구현진이 3라운드에 나올 필요도 없었다.

3라운드에 올라왔던 팀이 워낙에 약체였다. 그래서 부산 제일고가 쉽게 이길 수 있었다.

그러나 비록 약체 팀을 상대했지만, 부산 제일고는 오늘 대단한 기록을 세운 날이기도 했다.

└이야, 부산 제일고 타자들 대단하네요. 안타를 무려 29개나 쳤어요. 아마랑 프로야구 통틀어 한 경기 최다 안타와 타이를 이루네요.

└한 경기 최다 안타는 2014년 5월에 자이언츠가 베어스를 상대로 낸 기록이네요. 타이거즈도 2017년에 라이온즈를 상대로 같은 기록을 세웠고요.

└어쨌든 대단하네요. 프로에서나 나올 법한 기록이 고교야구에서 나왔다는 말이잖아요.

└더 대단한 것은 뭔 줄 아십니까?

└뭔데요?

└29개 안타 중에 홈런은 하나도 없다는 겁니다.

└네에? 홈런이 없어요?

└네, 저도 그것이 좀 아이러니합니다.

└그럼 일명 '소총 부대'라고 부를 수 있는 겁니까?

└하하, 그렇게 부르면 되겠군요.

구현진은 7회 콜드게임으로 이기고 4라운드에 진출했다. 그리고 기분 좋게 집으로 향했다.

아버지는 오늘도 컴퓨터 앞에 앉아 있었다. 인터넷 창을 띄워놓고 실시간 검색어를 뚫어지라 응시했다.

"이번에도 올라오려나?"

인터넷 창을 껐다가 다시 켜보았다. 그런데 구현진의 이름이 올라오지 않았다.

"왜 이렇게 안 올라오지? 나라도 검색해야 하나?"

아버지가 키보드에 손을 올렸다. 그때 구현진이 집에 들어왔다.

"아버지! 오늘 완봉했어요."

"치아라, 7이닝 완봉을 무슨 완봉이라고 하노."

"아버지도 참. 완봉해도 그래요? 아니 애들이 콜드게임으로 끝냈는데, 그게 내 잘못이에요?"

"됐어. 가서 밥이나 무라!"

"쳇."

구현진은 괜히 아버지에게 서운했다. 구현진이 자신의 방으로 들어가고 아버지는 다시 인터넷 창을 바라봤다.

"우리 아들 이름이 올라와야 하는데……"

그때 아버지의 눈에 '현 고교 투수 빅5'라고 된 뉴스가 있었다. 아버지는 그것을 클릭해 보았다. 그런데 눈 씻고 찾아봐도 구현진의 이름은 없었다.

"뭔데 이 문디 자슥은!"

아버지가 성을 내며 그 기사를 쓴 기자를 찾았다.

"어디 보자…… 이문식 기자?"

아버지는 곧바로 핸드폰을 꺼내 기사를 쓴 채널에 전화를 걸었다.

-여보세요. 스포츠 채널입니다.

"아, 거기에 이문식 기자님 계십니까?"

-네. 그런데요?

"아, 죄송한데 바꿔주겠습니까?"

-네, 잠시만요.

잠깐의 시간이 흐른 후 이문식 기자가 전화를 받았다.

-네, 이문식 기자입니다.

그러자 아버지는 다짜고짜 물었다.

"여기 이 빅5가 누구 기준으로 빅5냐!"

-네?

"왜 여기에 우리 아가 없냐고!"

-아, 네네. 아버님, 아드님 잘하라고 전해주세요.

이문식 기자는 서둘러 전화를 끊었다. 그는 다시 노트북으로 시선이 갔다. 다음 기사를 올리기 위해 타자를 치기 시작했다. 그러자 옆에 있던 동료 기자가 물었다.

"무슨 전화야?"

"몰라. 내가 쓴 기사에 자기 아들 이름이 없다고 화를 내던데?"

"하긴, 요새 이상한 아버지들이 많아."

"극성이지. 그런데 이런 전화는 안 돌렸으면 좋겠다. 기사 쓰기도 바쁜데……"

"그런데 무슨 기사이기에 그래?"

"아, 고교야구 빅5에 관한 기사야."

"그래? 누구 적어놓았는데?"

"몰라? 기억도 안 나!"

이문식 기자는 노트북 화면에 시선을 맞춘 채 인상을 썼다. 그러자 동료 기자가 곧바로 말했다.

"아, 참! 요새 그 녀석 잘하던데."

"누구?"

"부산 제일고의 구현진!"

"아, 구현진…… 잘하지. 참! 구현진 이름 넣으려고 했는데 깜빡했네!"

"에이, 다음번에 넣으면 되지."

"그래! 다음번에 넣자."

이문식 기자는 별로 대수롭지 않게 생각했다.

6.

봉황기 대회는 계속 이어졌다.

봉황기 4라운드는 1선발 이수민이 나섰다. 호투를 펼쳤지만 6-4로 아깝게 졌다. 부산 제일고는 또다시 4강 문턱에서 고배를 마셨다.

경기에 진 이수민은 또다시 울었다. 이번에는 구현진이 그 옆에서 달래주었다.

"울지 마, 인마!"

"내가 진짜 잘하려고 했거든……."

"알아. 그래도 정말 잘 던졌어!"

그러자 옆에 있던 조정훈이 한마디 했다.

"내가 그 맘 알지!"

"너 그만해!"

"솔직히 떨어진 건 사실이잖아!"

"야, 인마! 너도 지난번에 떨어졌잖아."

"너 그때 괜찮다메."

조정훈이 눈을 크게 뜨며 말했다. 그러자 구현진이 한숨을 내쉬었다.

"하아, 진짜 이 자식들 멘탈이 허접해서 큰일이네."

그렇게 시간이 흐르고 청룡기 대회가 다가왔다. 김명환 감독은 또다시 투수 운영에 대해 고민을 했다.

"후우, 도대체 어떻게 해야 투수 운영을 잘했다고 소문이 날까?"

김명환 감독은 볼펜으로 책상을 가볍게 두드리며 생각에 잠겼다. 그렇게 한참을 고민하던 김명환 감독이 라인업을 적었다.

"이번에 시작을 현진이로 해보자!"

김명환 감독은 솔직히 3선발이 불안했다. 하지만 이제 어쩔 수 없었다.

"좋아, 이대로 가보자!"

그리고 청룡기 대회 날이 다가왔다.

1라운드의 선발은 당연히 구현진이었다. 여기서 구현진은 만화 같은 대기록을 달성했다. 5회까지 12개 탈삼진과 땅볼 세 개로 콜드게임 승을 거두었다.

단 한 명의 주자도 내보내지 않았다. 볼넷도 없었다. 상대 팀 타자들은 그 누구 하나 구현진의 공을 제대로 공략하지 못했다.

5회까지 퍼펙트 피칭을 선보인 구현진의 투구수는 47개였다. 50개도 던지지 않고 다 잡아버린 것이었다.

고교 선수의 기록적인 피칭에 여론은 구현진에 대해 더욱 관심을 갖기 시작했다.

ㄴ우와! 초고교급 투수가 나왔다.

ㄴ탈삼진 12개 5회 콜드 승! 다저스의 커쇼가 고교 시절 5회 15개

탈삼진으로 기록을 세웠잖아.

ㄴ그럼 구현진이 커쇼급이야? 말도 안 돼!

ㄴ왜? 커쇼급이 되지 말라는 법이라도 있어?

ㄴ이보세요, 여긴 대한민국입니다.

ㄴ지랄. 대한민국에서 커쇼급이 나오지 말란 법이 있냐고!

인터넷은 연일 구현진의 댓글로 논쟁을 펼치고 있었다. 정작 구현진은 무심한 편이었다.

구현진이 경기를 마치고 라커룸에서 나왔다. 그러자 구현진 앞으로 기자가 다가왔다.

"구현진 선수! 승리 축하드립니다."

"아, 네에……. 감사합니다."

구현진은 얼떨떨한 얼굴로 말했다.

"구현진 선수, 나 스포츠 채널의 이문식 기자인데. 잠깐 인터뷰 좀 할까?"

"저요?"

"그래! 요새 잘하던데?"

"운이 좋았죠."

"그럼 3라운드에 등판하나?"

"그건 잘 모르겠네요."

이문식 기자가 수첩에 몇 번 적더니 다음 질문을 했다.

"팀이 4강 이상 못 올라가는데 아쉽진 않아?"

이문식 기자는 의도성 질문을 날렸다. 한마디로 약한 팀에 있어서 힘들지 않으냐는 질문이었다.

"아쉽기는 하지만 다들 열심히 하고 있습니다. 제가 더 잘해야죠!"

구현진이 미소를 지으며 질문에 답을 해주었다. 이문식 기자는 약간 의외라는 반응을 보였다.

원래 '많이 아쉽다.'라고 했다면 기사 클릭 수를 위해서라도 자극적인 내용으로 다루려 했다. 그런데 어린 선수가 팀을 먼저 생각하고, 자기를 희생할 줄 알았다.

'짜식. 제법이네. 에이스 기질이 있어.'

이문식 기자는 구현진을 다시 봤다.

"대견하네. 팀과 동료들을 생각하고 말이야."

"에이, 뭘요!"

"알았어. 다음에도 잘하고, 다시 한번 오늘 승리 축하해!"

"네, 감사합니다."

구현진이 인사를 하고 버스가 있는 곳으로 걸어갔다. 이문식 기자는 구현진의 뒷모습을 바라보고 있었다.

"에이, 이 기사는 다음에 써야겠다. 다음에 더 좋은 기삿거리가 나오겠지."

그렇게 중얼거리며 수첩을 닫았다. 이문식 기자는 스포츠 기자 중에서는 제법 잘 나가는 기자였다.

하지만 문제는 기사를 자기 맘대로 작성한다는 것이었다. 이름난 기자다 보니 자기에게 그럴 권리는 있다고 생각하고 있었다.

어쨌든 구현진에게 접촉을 해봤는데 느낌이 나쁘지 않았다. 왠지 잘될 선수라는 느낌을 받았다.

"저 녀석…… 좀 더 지켜봐야겠는데."

이문식 기자는 중얼거리며 몸을 돌렸다.

7.

청룡기 대회는 계속 이어졌다. 2라운드는 이수민이 등판해 승리하였고, 3라운드도 조정훈이 나서며 승리를 하였다. 3라운드는 정말 진검 승부였다.

9회 초까지 동점으로 아슬아슬하게 이어졌다. 그러다가 9회 말 정말 힘들게 타자가 출루한 후 번트와 안타로 역전승을 거

두며 4라운드에 진출을 했다.

경기를 마친 부산 제일고 선수들이 환한 표정으로 숙소로 돌아가려 했다. 그런데 김명환 감독이 선수들을 불러 세웠다.

"이제 곧 다음 상대가 될 경기가 진행될 텐데 보고 가자."

김명환 감독의 말에 선수들의 표정이 굳어졌다. 굳이 보지 않아도 누가 올라올 것인지 잘 알고 있었다. 아니, 솔직히 보고 싶지 않았다.

"봐두는 것도 좋을 것 같습니다."

구현진이 조용한 분위기에 찬물을 끼얹었다. 그러자 장만호가 조용히 말했다.

"야, 굳이 봐야겠나?"

"이왕이면 상대 팀 전력을 봐두는 게 좋지."

"그래도……."

김명환 감독이 고개를 끄덕였다.

"나도 경기를 보고 갔으면 한다."

감독까지 나서니 선수들은 어쩔 수 없이 경기를 관람했다. 3루 측 관중석에 자리를 잡고 앉았다. 잠시 후 광주북고와 서울 우린고의 경기가 시작됐다.

"이제 시작한다."

구현진은 잔뜩 상기된 표정으로 경기를 관람했다. 하지만 시간이 지날수록 선수들의 표정은 점점 암울해져 갔다.

그리고 17 대 0, 5회 콜드 승으로 광주북고가 승리를 했다. 광주북고는 상대 팀을 거의 압사할 정도로 맹타를 휘둘렀다.

하물며 광주북고는 에이스 투수가 나오지도 않았는데 한 점도 내주지 않았다. 특히 광주북고의 4번 타자 황용수는 홈런만 3개를 쳤다. 그만큼 완벽한 타선에 완벽한 수비를 보여주고 있었다.

김명환 감독의 표정 변화는 없었다. 다만 선수들의 표정은 그야말로 침울했다.

구현진이 황용수를 보며 피식 웃었다.

"저 자식 잘하네."

장만호는 질린 표정으로 고개를 절레절레 흔들었다.

이로써 부산 제일고의 8강전 상대는 우승 후보 광주북고로 정해졌다.

광주북고는 왼손 에이스 투수 우해민을 필두로 오른손 강타자 황용수가 중심을 잡아주는 강력한 타선을 자랑했다. 모든 매체와 기자들은 이번 청룡기 우승 후보 0순위로 광주북고를 꼽았다.

그 외도 우해민과 황용수 두 선수 모두 드래프트 1순위였다. 누구를 뽑아가더라도 충분히 프로에 통할 실력이었다. 특히 메이저리그에서 관심을 보이고 있는 선수들이기도 했다.

부산 제일고는 버스를 타고 숙소로 향했다. 버스 내부는 그야말로 쥐죽은 듯 조용했다. 그 누구 하나 쉽게 말을 꺼내지도 않았다. 오늘 승리했다는 기쁨도 찾아볼 수가 없었다.

김명환 감독은 머릿속이 복잡했다. 어렵게 3라운드를 통과해서 너무 기뻤다. 4라운드에서 구현진이 선발이기에 4강을 꿈꿀 수 있었다.

그런데 4라운드에서 하필이면 최강 광주북고를 만나게 되었다. 솔직히 김명환 감독은 광주북고가 중간에 떨어져 주길 빌었다. 아니, 그런 기적이 일어나길 바랐다.

하지만 그 기적은 일어나지 않았다.

"역시 광주북고가 괜히 우승 후보가 아니었어……."

김명환 감독은 원래 청룡기 대진표가 나오면서 어느 정도 예상은 했었다. 4라운드까지 진출하면 광주북고를 만날 가능성이 있다고 말이다.

하지만 그건 최악의 시나리오였다.

"하아……."

김명환 감독은 자신도 모르게 한숨을 흘렸다.

한편 구현진도 내색하진 않았지만 마찬가지였다. 차창을 바라보며 깊게 고민하고 있었다. 그 모습을 보던 장만호가 말을 걸었다.

"자신 있나?"

"해봐야 아는 거지."

"니, 자신 없나?"

"왜? 이길 수 있다고 말해줄까?"

"어, 제발 그런 말이라도 해줘."

"알았다. 내가 무조건 광주북고 잡아줄게. 기대해라."

"진짜제?"

"그래, 나만 믿어! 내가 누구야? 구현진 아니야! 다 밟아 줄게!"

"4번 타자 황용수도 밟아줄 끼가?"

"걱정하지 마! 그 녀석에게 안타 하나도 안 맞을 테니까."

그러자 장만호가 구현진의 손을 꼭 잡았다.

"진짜제? 이번에 한번 4강에 올라가 보자!"

"그래! 올라가자!"

김명환 감독도 다소 걱정이 되었는데 구현진과 장만호의 대화를 듣고는 생각을 달리했다.

'그래! 한번 해보자!'

To Be Continued

흙수저 판타지 장편소설

회귀자
사용설명서

어느 날, 이세계로 소환되었다.

짐승들이 쏟아지고, 믿을 수 없는 위기가 닥쳐오나.
가지고있는 재능은 밑바닥.

[플레이어의 재능수치는 최하입니다.]
[거의 모든 수치가 절망적입니다.]

선택받은 용사든, 재능 있는 마법사든,
시간을 역행한 회귀자든.
모든 것을 이용해야 한다.

살아남기 위해.

"쓰레기면 뭐 어떻습니까. 살아남기 위해서
뭔 짓인들 못 하겠어요?"